semente
antibullying

© 2011 texto Nelson Albissú
ilustrações Marlette Menezes

© Direitos de publicação
CORTEZ EDITORA
Rua Monte Alegre, 1074 – Perdizes
05014-000 – São Paulo – SP
Tel.: (11) 3864-0111 Fax: (11) 3864-4290
cortez@cortezeditora.com.br
www.cortezeditora.com.br

Direção
José Xavier Cortez

Editor
Amir Piedade

Preparação
Lucas de Sena Lima

Revisão
Alessandra Biral
Fábio Justino de Souza
Rodrigo da Silva Lima

Edição de Arte
Mauricio Rindeika Seolin

Dados Internacionais de Catalogação na Publicação (CIP)
(Câmara Brasileira do Livro, SP, Brasil)

Albissú, Nelson.
  Semente antibullying / Nelson Albissú; ilustrações
Marlette Menezes — 1. ed. — São Paulo: Cortez, 2011.

  ISBN 978-85-249-1753-0

  1. Literatura infantojuvenil I. Menezes, Marlette.
II. Título.

11-05441   CDD-028.5

Índices para catálogo sistemático:

1. Literatura infantil   028.5
2. Literatura infantojuvenil   028.5

Impresso no Brasil — fevereiro de 2025

NELSON ALBISSÚ

ilustrações
MARLETTE MENEZES

semente
antibullying

1ª edição
3ª reimpressão

ÀS VÍTIMAS DE INTOLERÂNCIAS

QUEM ERA O DIFERENTE?

Graças a sua metodologia, à excelência de seus professores e laboratórios com tecnologia de ponta, há anos o Supremo foi destacado como um dos melhores colégios da cidade. Pelo alto valor da mensalidade e seu *status*, no Supremo até então só estudaram alunos da alta sociedade que, geralmente, entraram na Educação Infantil tão logo deixaram de usar fralda, e saíram de lá preparados pelo cursinho pré-vestibular do próprio colégio para serem os primeiros colocados nos vestibulares das mais importantes faculdades do Brasil.

Esta história começou no início do segundo semestre, quando faltavam apenas quatro meses para o 9º ano do Supremo se formar. Essa turma se conhecia desde a Educação Infantil. Ao longo desse tempo, os alunos conviveram e cresceram juntos. Agora, já programavam suas formaturas com grande entusiasmo. A festa seria ainda maior por coincidir com a comemoração simultânea do aniversário de cinquenta anos do colégio.

No primeiro dia de aula desse semestre, os alunos estavam retornando das férias de julho e iam formando rodinhas de bate-papo e convivência. Contavam como foram de férias, mostravam roupas, bonés, bugigangas e suvenires trazidos de suas viagens. De repente, do grupinho do 9º B, a Naila observou um rapaz desconhecido, encostado na parede em frente:

– Quem é o gato de uniforme, no primeiro dia de aula?

– Onde? – perguntou a Karen, alongando-se na ponta dos pés.

– Ali! – indicou a Naila.

– Nunca vi no colégio – concluiu a Karen.

– Oi, gente! Descansaram bastante? – feliz da vida, chegou a Adriana, a mais bonita da turma.

A Naila a cutucou:

– Primeiro, olhe ali, que tem coisa mais interessante!

– Hum! Bonitão! – exclamou a Adriana, depois de olhá-lo de cima a baixo. – Quem é? – perguntou.

– Também estamos loucas pra saber – respondeu a Naila.

– Pode até ser bonito – destoou a Karen, ao perceber o interesse da Adriana pelo rapaz. – Mas, de uniforme no primeiro dia de aula, parece mais um peixe fora d'água. Tá completamente perdidão.

As garotas nem ligaram para a observação da Karen. Estavam, sim, curiosas para saber quem era o rapaz que a maioria delas achava bonito.

— De que série ele é? — a curiosidade crescia.

— O tênis dele nem tem marca — voltou a Karen, desdenhando, para a Adriana ouvir.

— Não mesmo — confirmou a Tissiane.

— É o maior jecão — enciumado, comentou o Alexandre.

— É isso mesmo, *brother*! — o Murilo concordou com o Alexandre.

Sentindo ciúmes do alvoroço das meninas, os rapazes começaram a passar na frente do novo aluno, dando risadinhas e fazendo graça.

Preso a sua timidez, o rapaz continuou encostado na parede fingindo não perceber nada, até verificar a hora no seu relógio de pulso e sair dali. Foi em frente, seguido pelo olhar das meninas, e desapareceu entre os tantos alunos presentes no pátio.

Soou o sinal. Cada turma seguiu para sua sala de aula.

TEMPESTADE DE PRECONCEITOS

Já na sala, aguardando o início da aula, as meninas do 9º B ficaram surpresas quando viram o novo aluno entrar com a professora de Matemática, que lhe indicou uma carteira vaga e o mandou sentar-se.

Curiosas para saber quem era o rapaz, as meninas pararam de falar e se sentaram, rapidamente, esperando a professora apresentá-lo à classe. Aqueles poucos minutos de espera para elas pareciam uma eternidade.

Nisso, o Steven chegou atrasado. Foi até o rapaz, encarou-o feio e, enxotando-o, cobrou:

— Esse lugar é meu!

— Você não pode se sentar em outra carteira, Steven? — interveio a professora.

— Aqui sempre foi o meu lugar.

— Hoje é o primeiro dia de aula e você já é o dono da carteira?

— Sempre sentei aqui no fundo.

– Isso eu sei. Você não precisa me lembrar. – E voltando-se para o novo aluno disse, indicando outra carteira: – Por favor, Rafael, mude-se para aquela outra vazia!

– Rafael! – mentalmente as meninas repetiram, com triunfo por agora saberem o nome dele.

– O Rafael é o novo colega de vocês – informou a professora apresentando-o à classe. – Seja bem-vindo ao nosso colégio, Rafael!

– Obrigado! – respondeu ele, gaguejando de timidez.

O Steven não gostou do entusiasmo das meninas pelo rapaz. Porém se manteve calado, enquanto o Alexandre ironizou:

– Hum! Só o Rafael é bem-vindo aqui?

– Todos são bem-vindos ao 9º B! – corrigiu a professora e acrescentou: – Vamos ter um semestre de bastante trabalho...

– Só isso essa bruxa vai falar? Mais nada do Rafael? – indignou-se a Alexandra, cutucando a Rebeca e perguntando baixinho.

– Ela só pensa em trabalho – respondeu a Rebeca.

– Será um semestre bastante puxado, porque temos muita coisa para aprender... – continuava a professora, enquanto as meninas não ouviam nada, por estarem curiosas para saber quem era o Rafael, de onde veio e o motivo de ter se transferido para aquela escola. – Agora, copiem isso, que depois eu explico! – ordenou, virando-se para o quadro-negro e começando a escrever.

– Já vai dar matéria, professora? – em tom de protesto, perguntou a Karen.

– Vou. Por quê?

– Porque hoje é o primeiro dia de aula. Muitos não vieram e vão perder a sua explicação – fingiu estar preocupada com os colegas ausentes.

– É isso! A gente podia bater um papo. Falar das férias – propôs o Alexandre.

– Eu fui à Disney – comentou a Maira, tentando engatar assunto, para evitar a aula.

– Ótimo! – respondeu a professora, continuando a escrever: – Comentem as férias com os professores de outras matérias. O programa deste semestre é extenso, tem muitos feriados e não podemos perder tempo.

– Saco! Nem trouxe caderno – resmungou o Steven.

– Peça uma folha ao seu colega! – ordenou a professora sem se voltar para trás, pois conhecia bem a voz rouca e o palavreado muitas vezes chulo do rapaz.

– Dá uma aí, cara! – para testá-lo, o Steven impôs ao Rafael, que arrancou uma folha do seu caderno e lhe entregou.

O Alexandre e o Murilo riram.

– Se eu soubesse não tinha vindo – enfadada, reclamou a Karen.

– E por que está aqui? – indagou a professora.

– A chata da minha mãe me obrigou.

– Ela fez muito bem – afirmou a professora, firme no seu propósito de dar aula.

– Nunca vi mulher gostar tanto de Matemática como você, professora – comentou a Karen e, covardemente, abaixando o tom da voz, rematou: – Parece homem.

A professora virou-se e a enfrentou:

– Sou mulher e gosto de Matemática. Tem algum problema?

– Nada não, professora. Foi só um comentário bobo – tentou disfarçar.

– Então, pare de fazer comentários bobos e copie a matéria! – determinou a professora, voltando a escrever.

– Eu não gosto de Matemática – disse a Karen, alçando os ombros, para em seguida cochichar no ouvido da Rebeca: – Se ela fosse mulher mesmo, não estava aí solteirona, andando com a professora de Educação Física pra cima e pra baixo. Até a minha mãe comentou lá em casa.

– Algum problema, Karen? – perguntou a professora sem desprender os olhos do quadro-negro, onde continuava escrevendo.

– Só estou pedindo uma caneta emprestada – mentiu.

– Copiem logo, pois preciso ir apagando o quadro!

– Isso não tem no livro? – interrogou o Alexandre.

– Não. Se houvesse, eu não ia mandar copiar.

– Então, pra que a gente compra livro? – ironizou o Steven.

– Porque o livro tem noventa porcento do programa. E vamos copiar rápido!

Por só pensar no Rafael, a Adriana não conseguia copiar. Sentia-se apaixonada. Havia sido amor à primeira vista, julgava ela. Enchia linhas e folhas do caderno com o nome Rafael, nos mais diversos tamanhos e estilos de letra, adornado por flores e corações.

– Não aguento de tanto escrever – reclamou a Beth. – Minha mão tá até doendo.

– Só mais um pouco. Já estou acabando e vou começar a explicar – garantiu a professora.

Quando iniciou a explicação, o sinal tocou anunciando o fim da aula. A Adriana voltou ao mundo e desabafou:

– Graças a Deus! Eu já não aguentava mais.

– Ufa! – exclamou a Beth.

A professora saiu. A Adriana correu até o Rafael, esticou-lhe a mão e disse:

– Deixe-me me apresentar: sou a Adriana!

Sem dar tempo para o rapaz responder, a Beth se precipitou também esticando a mão:

– Sou a Beth, Rafael. Prazer!

– O prazer é meu – cordialmente, respondeu o rapaz.

Rindo de gozação, o Steven, o Murilo e o Alexandre subiram em suas cadeiras e, debochadamente, passaram a representar os três:

Steven: – Deixa-me me apresentar, eu sou a Adriana! – e pôs a mão na cintura, fazendo os mesmos trejeitos da garota.

Murilo: – Sou a Beth, Rafael. Prazer.

Alexandre: – O prazer é meu – imitando a timidez do Rafael.

Aí, excetuando a Adriana, a Beth e o Rafael, foi uma risada só.

QUEM É O RAFAEL?

Estavam na maior algazarra, quando a professora de Português entrou:

– O que está acontecendo? Também adoro rir.

– É esses bestas, professora! – respondeu a Beth.

– Primeiramente, se são *esses*, não se pode dizer *é*. O correto é dizer *são*. Depois, você não pode chamar seus colegas de bestas, Beth. – e, voltando-se para os três, que desciam das cadeiras, reprovou: – Sempre os mesmos. Passa ano e entra ano e vocês não tomam jeito.

– Professora, posso ir no banheiro? – interrompeu o Victor.

– Ir no banheiro, não. Porque quem vai *no*, vai montado. E você não vai montado no banheiro, Victor. Agora, se você deseja ir *ao* banheiro, pode. O correto é dizermos: vou ao cinema, vou à praça, vou ao banheiro, vou ao teatro...

– Vai, trouxão! – vociferou o Alexandre, estapeando a cabeça do Victor. – Vê se aprende, cabeção!

Todos riram, menos a Adriana e a Beth, por não acharem a menor graça. Elas só queriam mesmo era ter tempo para conversarem com o Rafael, descobrirem quem era ele, do que gostava e o que fazia nos fins de semana. No entanto, a professora mandou-os se sentar e começou a dar matéria, sem abrir espaço para qualquer coisa que não fosse a respeito da aula.

Iniciou explicando sobre os verbos transitivos diretos, indiretos e intransitivos. Depois elucidou acerca do uso correto do *lhe*. Nos momentos finais da aula, com muito entusiasmo, propôs à classe a realização de um sarau com poemas do poeta Carlos Drummond de Andrade, valendo como nota de participação do bimestre.

O MISTÉRIO E A CURIOSIDADE CONTINUAM

As meninas podiam se esquecer de qualquer possibilidade de saberem a respeito do Rafael na próxima aula, que era de Geografia. Pois, como de costume, no início de cada novo semestre, a professora chegava encantada pelos lugares do mundo que conhecera nas férias e não deixava ninguém falar.

E desta vez não foi diferente. Ela não disse nada sobre o novo aluno. Começou perguntando se todos foram bem de férias. Mas ninguém conseguiu responder absolutamente nada, porque, de imediato, ela começou a contar sobre as férias maravilhosas que teve. Fora à Grécia, berço da civilização, à Turquia, que não conhecia, e ao Egito. Havia ficado encantada com a Grécia, onde pôde ver tudo aquilo que só conhecia nos livros e documentários. Disse ter chorado de emoção quando esteve na Acrópole, por estar pisando o chão daquele antiguíssimo e importante monumento histórico da civilização ocidental. O cruzeiro marítimo, que desfrutou pelas ilhas gregas, foi divino. Em Mikonos viu o mais lindo pôr do sol da sua vida. Comentou que nada se compara ao prazer de usufruir, ao mesmo tempo, da história e das belezas naturais de um lugar. Extasiada, suspirou fundo quando afirmou que, para ela, aquela viagem fora um verdadeiro presente dos deuses. Recomendou aos alunos para se esquecerem de irem à Disney e, nas próximas férias, fizessem como ela havia feito.

– Isso é só o início – alertou, em voz baixa, a Naila para Rebeca e acrescentou: – Aguenta que ela ainda vai falar da Turquia e do Egito durante o semestre inteiro! A Grécia é apenas a porta de entrada.

Dito e feito. Se havia gostado da Grécia, mais encantada ficou com a Turquia, país que até então ela não conhecia. Afirmou que estar em Istambul era se sentir na Europa e na Ásia ao mesmo tempo, pois o Estreito de Bósforo divide a cidade em duas partes – o lado asiático e o europeu. Em Istambul, ela visitou o Palácio de Topkapi, que foi residência dos sultões por três séculos e, atualmente, acomoda exposições de objetos em ouro: tronos, pratos, chávenas, xícaras, talheres, berços e joias cravejadas por pedras preciosas, usados no seu período de glória. O harém do palácio, com seus mistérios, arquitetura e lendas, revela aos visitantes um pouco de como as mulheres e concubinas dos sultões viviam.

– Como eram essas mulheres? – entusiasmado, o Alexandre quis saber.

– Certamente, eram belíssimas e faziam de tudo para agradar o sultão – afiançou ela.

– Puxa! – animado, exclamou o Victor arregalando os olhos.

A classe riu e ela ponderou que o harém também era um local governado com respeito, tradição, obrigatoriedades e cerimônias. E continuou contando detalhes da sua visita à Basílica de Santa Sofia e à Mesquita Azul, dois verdadeiros patrimônios históricos de toda a humanidade. Por fim, relatou que, antes de seguir para a província de Çanakkale, centro urbano mais próximo à antiga cidade de Troia, ela ainda navegou pelo Estuário Corno de Ouro.

– Professora, lá eles são muçulmanos, né?

– Exatamente, Tissiane. Para muita gente eles parecem esquisitos. Mas é uma questão de costume! Muitos podem até ficar chocados! Vocês acreditam que no Egito um homem pode se casar com quatro mulheres?

– Gostei disso do Egito, professora! – entusiasmou-se o Alexandre, esfregando uma mão na outra.

– Para nós, ocidentais, isso parece absurdo, até uma humilhação para as mulheres. Mas é uma questão cultural. Basta o homem ter condições de sustentar as famílias para ter até quatro esposas.

– Já a vida da professora é o inverso! – cochichou a Karen para Adriana. – Minha mãe falou lá em casa que ela sustenta o marido. O cara é o maior vagabundão. Não faz nada. Vive à custa dela, que precisa lecionar manhã, tarde e noite.

Mais ou menos assim, passaram as duas aulas.

Ao final da aula, a Adriana e a Beth acharam ter chegado o momento de estarem com o Rafael, mas a professora pediu a ele para acompanhá-la até a sala dos professores.

– Rebeca, quem é esse Rafael que vem com a professora de Matemática e vai com a de Geografia para passar a hora do intervalo? – explodiu a Adriana, morta de curiosidade.

– Deixa isso comigo! Vou ver qual é a desse cara – interferiu a Karen.

FIM DO DIA, NÃO DO MISTÉRIO

Por mais que as meninas o tivessem procurado, ninguém encontrou o Rafael no pátio nem na cantina.

– Essa bruxa de professora deve ter contado a viagem de férias inteira para ele – lamentou a Adriana.

– Ele deve ter adorado, pois, com certeza, nunca saiu do Brasil – ironizou a Karen, sempre com intenção de contrariar o interesse da Adriana pelo rapaz.

– Por que essa marcação toda contra ele?

– O tênis dele nem tem marca. Não é mesmo, Tissiane? – mascando chiclete, mais uma vez a Karen relembrou.

Cheias de questionamentos, as meninas voltaram para a classe e o Rafael também não estava lá. Ele apareceu com a professora de Ciências, sentou-se no seu lugar sem dizer nada e, pior, sem dar oportunidade para elas perguntarem a respeito dele.

Nas duas últimas aulas do dia, a professora de Ciências revisou a matéria do semestre anterior, indagando um e outro.

O Rafael se saiu muito bem. Ganhou entusiasmados elogios da professora, que, ao final da aula, pediu a ele para acompanhá-la à sala dos professores.

Inconformadas por ainda não saberem nada sobre o rapaz, as meninas queriam esperá-lo na saída. Só não fizeram isso porque as mães de algumas delas viriam buscá-las, outras deviam voltar para casa com o motorista da família, e um tanto ia de micro-ônibus fretado.

Desse modo, só lhes restavam esperar pelo outro dia.

PAIXÃO OU CURIOSIDADE?

Mesmo tentando, a Adriana não conseguia deixar de pensar no Rafael. Esforçou-se para identificar seu sentimento em relação ao rapaz: sentia amor ou simples curiosidade? No almoço, apenas beliscou um pouco de salada para evitar a preocupação da mãe. Com o pretexto de ter lição, foi se trancar no seu quarto. Ligou o computador para ver se o esquecia. Entrou em vários *sites* e não achou nada interessante. Tentou jogar Paciência. Não teve pachorra de continuar. Abriu um jogo de salvar o pescoço de uma donzela dos dentes caninos do vampiro. Desistiu.

– Cada um com seus problemas! – concluiu, irritada em relação à donzela. – O vampiro que chupe até a última gota de sangue dessa idiota!

Navegou para um jogo que ensina a cuidar do planeta. Deu uma olhada e fechou o *site* inteiro:

– Que se dane o mundo!

Achou melhor entrar em contato com seus amigos virtuais. Com eles, arriscou-se a falar de outros assuntos. Nada a livrou do rosto do Rafael. Sentia-se, completamente, apaixonada pelo rapaz, mesmo sem ainda conhecê-lo melhor. Desligou o computador. Sentou-se no sofá, sob uma réstia de sol, de frente à janela e ficou ali, com o olhar perdido no azul do céu, olhando o infinito e sentindo uma letargia... Sem entusiasmo, flagrou-se acompanhando a movimentação de um helicóptero pousando no heliporto de um edifício em frente. Comparou aquele movimento ao de um beija-flor tirando néctar da flor. Depois, seus olhos, perdidos no horizonte, seguiram a trajetória lenta de um balão ecológico no céu. Balão verde e amarelo, levando a bandeira do Brasil. Era bonito.

Desse desalento, repentinamente, movida pelo intento de descobrir quem era o Rafael, saltou do sofá em busca do telefone. Pensou em contar com a ajuda da amiga Beth. Desistiu ao se lembrar de que ela também sentia interesse pelo rapaz. Então, discou para a Karen.

– Karen, é a Adriana.

– Maior novidade você me telefonar! – admirou a Karen.

– Você tem alguma pista de quem é o Rafael?

– Tenho.

– Conta! – a ansiedade quase a sufocou.

– É um chato de marca maior. O maior *nerd* do mundo. Além disso, é metido.

– Puxa! Só isso? Que mais você descobriu sobre ele? – ironizou a Adriana.

– Viu como ele ficou o tempo todo da aula?

– O que você queria que ele fizesse no primeiro dia? Explodisse a classe?

– Não – ironizou. – Ele foi brilhante: respondeu a todas as perguntas da aula de Ciências.

– Você só detona o cara. O que tá pegando, hein?

– Tenho faro fino, Adriana. Descubro qual é a do carinha no ato. Gosto de cara mais atiradão do tipo do Murilo, do Steven ou do Alexandre. Não sou como você: com o Steven babando aos seus pés e você fica aí sofrendo por um babaca desconhecido. Larga disso, Adriana! Desencana! Se você namorar o Steven, podemos sair os quatro juntos: você e o Steven, eu e o Murilo. Vai ser bem divertido.

– Karen, esqueça! Não tô a fim do Steven. Você sabe bem disso. Estou querendo saber do Rafael!

– Desde o início, eu sabia que o telefonema não era por mim.

– Desculpa! Preciso dessa força. Nem almocei hoje – lastimou a Adriana, justificando-se.

– Não descobri nada ainda porque não me empenhei – a Karen se vangloriou da sua capacidade de fuçar a vida dos outros.

– A Juliana é sua amiga e a mãe dela sabe tudo do colégio. Ela deve saber quem é o Rafael. Aquela mulher é tão...

– Fofoqueira – a Karen complementou a freada da Adriana.

– Vê o que você pode fazer por mim, Karen.

– Não sei bem o que vou dizer, mas me viro.

– Por que você não diz que gostou do Rafael e está interessada por ele? – sugeriu.

– Menos, Adriana! Bem menos! Eu nem devia estar me metendo nisso. Mas, por você, vou ligar meu radar de rastreamento – prometeu, com esperança de encontrar coisas negativas do rapaz para Adriana esquecê-lo e, com isso, aumentar as chances do Steven com ela.

Ansiosa por uma resposta, meia hora depois, a Adriana ligou novamente para ver se a Karen tinha alguma novidade.

– A Juliana esqueceu o celular em casa e saiu com o pai dela. Vão voltar só amanhã – informou a Karen.

– E se você falasse com a mãe dela mesmo? – propôs a Adriana.

– Por que não fala você?

– Nunca telefonei para ela. A vida inteira só conversei assuntos de aula com ela. Como agora ligo e pergunto isso?

– Então sossega e espera amanhã até a Juliana voltar!

– Caramba, Karen!

EXPONDO A FAMÍLIA

Na esperança de se deparar com o Rafael na entrada da aula, Adriana pediu à mãe para levá-la meia hora antes do horário de costume ao colégio. Inventou a necessidade de preparar um trabalho em grupo, para o qual ela e as amigas haviam combinado de se encontrarem mais cedo.

Ficou na entrada do Supremo esperando o rapaz. Chegou um colega, depois outro e a galera inteira, menos o Rafael. A cada um que a convidava para entrar, ela se desculpava dizendo ter esquecido um livro e justificava estar ali esperando a mãe trazê-lo. Assim, o tempo passava e nada do Rafael aparecer. Enquanto aguardava, a Adriana se preocupava com a possibilidade de ter acontecido alguma coisa com ele. Por fim, quando soou o sinal de entrada, ela, ainda, correu para a classe, na expectativa de ele ter chegado antes dela.

Nova decepção, pois o rapaz não estava na classe. Desse modo, ela só se animou quando concluiu que talvez ele viesse com a professora de Inglês, como havia feito no dia anterior com as outras. No entanto, a professora Solange chegou sem o Rafael.

– Talvez ele ainda chegue, mesmo que atrasado – sua esperança a fez murmurar para si mesma.

Como sempre fazia, a professora chegou falando em inglês:

– *Hello, buddies!*

– *Hello* – responderam só uns três.

– *How was your vacation?*

– *Good.*

– *How are you, Steven?*

– *I'm good* – respondeu ele, com tremenda má vontade.

– *How are your parents?*

– Não entendi. Pode repetir em português?

– *How are your parents?* – ela repetiu.

– Continuo sem entender.

– Puxa, Steven! Com pai estadunidense e uma mãe apaixonada pelo idioma inglês, você não entendeu a minha pergunta de como vão seus pais?

– Ele não é meu pai – esquentado, respondeu o Steven. – Quantas vezes preciso repetir isso? Ele é meu padrasto! Meu padrasto! Já disse isso mais de quinhentas vezes – afirmou esmurrando a carteira.

– Calma! Não precisa se irritar!

– Não gosto dele. Não suporto a mania da minha mãe de amar tudo que é norte-americano. Não curto essa língua de gringo e esta é a pior aula do colégio. Para piorar ainda mais, minha mãe me obriga ir à escola de Inglês três vezes na semana.

– Pois eu adoro os seus pais! O Rock, seu padrasto, é um encanto de pessoa. Um verdadeiro *gentleman*. Ele mostra que um estadunidense também pode ter comportamento britânico.

– Pra mim, o único rock é o tal de *rock and roll* – o Steven zombou e imitou o som alto de uma guitarra.

Excetuando a Adriana por estar com seus pensamentos entregues ao Rafael, o restante dos alunos da classe riu. E, assim, a Adriana permaneceu na aula de Inglês e nas duas seguintes, que foram de História, porque o Rafael não veio.

Nisso, soou o sinal e o alvoroço para os alunos irem ao intervalo tomou conta da classe. Principalmente, porque as duas últimas aulas do dia eram de Educação Física.

DISCRIMINAÇÃO

A Adriana e as demais meninas ficaram surpresas quando chegaram atrasadas à quadra do ginásio e a aula havia começado. O professor organizava dois times para o jogo de futsal, e o Rafael estava lá, pronto para jogar. Se a rapaziada deixasse, é claro. Pois, com ele, eram onze e, sendo assim, um ficaria de fora como reserva, ou teria de jogar no segundo tempo.

De um lado, o Murilo escalava o seu time e do outro era o Alexandre. O Murilo escolheu o Steven, que dava palpites na escalação dos dois times. Sob os gritos das meninas, pedindo para escolherem o Rafael, um a um os jogadores eram convocados. A cada convite as meninas vaiavam a escolha. Quando só faltava escalar o décimo jogador, as meninas berravam em coro, exigindo:

– Rafael! Rafael! Rafael...

O Steven cochichou no ouvido do Murilo que optou pelo:

– Barcelos.

– UUUUHHH!!! – as meninas vaiaram.

DISCRIMINAÇÃO

– Deixe ele jogar no meu lugar! – desistiu o Barcelos, apontando para o Rafael.

As meninas pularam de alegria e gritaram em coro:

– Rafael! Rafael! Rafael...

– Nada disso, Barcelos! – explodiu o Steven, muito contrariado. – Você vai jogar e pronto. Tá decidido!

– Fica na sua, Steven! – ordenou o professor.

– Eu tô na minha. O Barcelos tem de jogar e pronto.

– Ele não quer – lembrou o professor.

– Então, manda esse *gayzinho* fazer torcida junto com as meninas! Ou faz uma partida de peteca pra essa flor jogar, professor!

– Olha a boca, Steven – o professor o repreendeu.

– No meu time, esse cara não joga! – o Steven apontava o Rafael.

– Que isso? – quis saber o professor. – No seu time falta um.

– Prefiro jogar com um a menos a ter um perna de pau no time.

– Para com isso, Steven! Você nem conhece o rapaz. Ele pode ser um bolão – insistiu o professor.

– Bolão não tem essa cara de babaca.

– Ele vai jogar – impôs o professor.

– Então, vocês que sabem! – e foi saindo, gesticulando sua revolta e virando as costas.

– Tá legal! – admitiu o Murilo. – Mas se for ruim cai fora! – advertiu.

Com essa discussão toda, o jogo começou. O Alexandre chutou. O Victor matou no peito e tocou para o Alencar. O Rafael chegou primeiro, tomou a bola e levantou para o Murilo, que abaixou no campo. O Alexandre entrou com tudo e ficou com a bola. Rafael driblou com ele, pegou a bola, deu um olé no Alencar, escapou do Victor, deu dois dribles no Gabriel e chutou:

– GOOOOOOLLL – explodiu de alegria a torcida das meninas.

– O Rafael encheu a rede! – vibrou a Adriana.

– Não falei, Steven? Taí! O cara é um bolão. – lembrou o professor.

– Deu sorte, isso sim! – respondeu o Steven e saiu andando.

Para maior desespero do Steven, mal reiniciou o jogo, o Rafael marcou seu segundo golaço.

No intervalo da partida, as meninas cercaram o Rafael. A Adriana até o beijou no rosto. O Steven viu e ficou mais indignado. Louco da vida mesmo. A Beth também aproveitou a iniciativa da

Adriana e lascou o maior beijo no rapaz. Enciumado, o Steven foi, bufando, para um canto da quadra e começou a reclamar para os colegas e o professor:

– Não quero esse cara no meu time. Ele não passa a bola. É o maior fominha. Quer jogar sozinho. Com cara metido a estrela não dá pra jogar.

– Ele vai continuar jogando, você queira ou não – afirmou o professor ao Steven.

No segundo tempo, sem êxito, o Steven tentou atrapalhar o Rafael, que acabou marcando o terceiro gol do time. Definitivamente, até o professor ficou admirado com a categoria do rapaz.

Ao fim da partida, a Adriana queria falar com o Rafael, de qualquer jeito. Todavia, o professor de Educação Física o abraçou, convidou-o para um papo e saíram juntos.

– Se não fosse o Rafael, vocês não ganhariam – o Victor provocou o Steven, que ficou enlouquecido de raiva e querendo brigar:

– Cala a boca, seu trouxa!

– Parem já com isso! – voltou-se o professor.

A Karen seguia apressada para falar com o Murilo, quando a Adriana a alcançou e lembrou-lhe de que hoje a Juliana devia

DISCRIMINAÇÃO

ter voltado da viagem e poderia dizer alguma coisa a respeito do Rafael.

– Tá bem! – respondeu a Karen, dispensando a Adriana, para ficar sozinha com o Murilo.

EXCLUINDO DA TURMA

Sem saber que o Rafael passava a tarde no colégio estudando, enquanto esperava o fim da jornada de trabalho do pai, ao final do dia, a Adriana resolveu esperá-lo na saída. Ligou e disse para sua mãe não vir buscá-la. A mulher lembrou-lhe de terem combinado de irem à estilista e não abria mão disso, pois o casamento do tio era no próximo sábado.

Emburrada, a menina foi à estilista e voltou emburrada e meia para casa. Lá, discutiu com a mãe por não ter gostado de nenhum modelo. Anunciou preferir ficar em casa a ir ao casamento do tio. Sem almoçar, trancou-se em seu quarto, como fazia quando estava contrariada. Ávida de notícias, pegou o telefone e ligou:

– Karen, sou eu.

– Oi!

– Você descobriu alguma coisa do Rafael?

– Nem precisei esperar a Juliana. Abra o seu computador e veja a mensagem espalhada a respeito do seu amado! – ironizou e acrescentou: – Bem que eu desconfiei. Como eu sempre digo: não erro nunca.

– Fala logo! Detesto essa sua mania de suspense.

– Olha como você me agradece pelo favor que te fiz!

– Tá bem, Karen. Obrigada! Depois a gente conversa. Tchau!

Completamente ansiosa, pegou seu computador portátil, abriu a tampa, ligou... O tempo de espera lhe parecia uma eternidade. Sentia vontade de esmurrar a máquina pela demora. Enfim conseguiu e leu:

PARA QUEM QUISER SABER:

O RAFAEL É FILHO DO NOVO AJUDANTE-GERAL DO COLÉGIO.

ELE ESTUDAVA EM ESCOLA PÚBLICA, NO INTERIOR, ONDE MORAVA.

O SUPREMO LHE DEU BOLSA DE ESTUDO PORQUE O PAI DELE NÃO PODE PAGAR.

Rsrsrs, UHauhauhauhhuahu, kkkkkkkkkkkkkkk, hehehehhee

A Adriana ficou possessa com essa odiosa mensagem de remetente ignorado e endereçada a todos os colegas da classe. Sentia-se ainda pior por desconfiar do mau-caratismo da Karen, que, para ela, com certeza, era a autora daquela maldade.

RIDICULARIZANDO A FAMÍLIA

No outro dia, o mundo inteiro sabia quem era o Rafael e filho de quem ele era.

Na entrada do colégio, os rapazes, ao passarem por ele, apontavam-no, riam da cara dele, fazendo gesto de estarem varrendo com uma vassoura.

Desconhecedor da mensagem da internet na qual o remetente queria constrangê-lo por ele ser filho de um ajudante-geral, o rapaz não compreendia por que agora até as meninas o olhavam com menosprezo. Percebia ter acontecido alguma coisa, capaz de justificar a mudança, visto que ainda ontem no ginásio elas torceram por ele. Vibraram pelos seus gols. Mesmo lembrando-se do aviso da Mônica, orientadora-educacional do Supremo, da grande possibilidade de ele ter problemas para se integrar à turma, assim era demais – desacorçoava-se.

Na classe, enquanto os alunos aguardavam a professora chegar, o Steven resolveu provocá-lo ainda mais. Foi até a mesa da professora, esmurrou um pacote de bolacha espalhando pedaços pelo chão. Olhou para o Rafael e mandou:

– Vai buscar o seu pai pra limpar essa merda!

Menos a Adriana, a classe inteira gargalhou, achando a maior graça.

O Rafael ficou vermelho. Sentiu vontade de esmurrá-lo. No entanto, engoliu seco até se conter e não aceitar a provocação.

– Eu não estudo em classe suja – afirmou o Murilo, pegando sua mochila e fingindo ir embora.

A classe ria e gargalhava.

– Fiquem aí no chiqueiro, seus porcos! – disse o Alexandre, grunhindo como porco, também disfarçando partir.

Quanto mais ele grunhia, mais a classe ria. Para aumentar a graça, o Steven, o Alexandre e o Murilo foram grunhir lá na frente, sobre o praticável dos professores.

– Olhe os três porquinhos! – detonou a Adriana, apontando os rapazes, que de gozação voaram para cima dela, grunhindo.

– Para! Para! Para! – ela gritava, enquanto eles continuavam.

Num impulso incontrolável, o Rafael partiu para cima do Steven, agarrou-lhe pelo braço e, com força, empurrou-o:

– Para!

Nisso a professora de Arte chegou:

– O que está acontecendo aqui?

– Nada não professora – disfarçou o Steven ainda se equilibrando para não cair, por causa do empurrão que levou. – Só estávamos brincando com o colega novo.

– A gente estava quebrando o gelo – sem graça, justificou o Murilo.

– Pra ele se sentir da turma – validou o Alexandre.

– E essa sujeira de bolacha?

– Fui abrir o pacote e elas caíram – desculpou o dissimulado do Steven.

A professora percebeu não ser bem essa a verdadeira história. No entanto, por precisar do emprego e saber que a corda sempre arrebenta do lado mais fraco, resolveu não se envolver. Lecionava há pouco tempo no Supremo, onde a mensalidade de cada aluno era maior do que o seu salário. Julgava ser mais fácil ser demitida do que o colégio desagradar um pai de aluno. Então, se fez de boba: foi até a porta e pediu à inspetora de alunos para chamar uma funcionária para limpar o chão dos farelos das bolachas.

EMPURRÕES E HUMILHAÇÕES NO PÁTIO

Durante aquela aula e as duas seguintes, a Adriana avaliava qual atitude deveria tomar. Achava o Rafael legal e injustiçado. Nutria por ele um sentimento jamais experimentado por outro rapaz. Além do mais, ele havia se levantado e enfrentado aqueles três cafajestes para defendê-la. No entanto, mal o conhecia e assumir a defesa dele significava hostilizar a maioria dos colegas da sala de aula. Coisa capaz de transformá-la, novamente, em vítima da idiotice de ser chamada de burra só por ser loira. Era-lhe bem vivo na memória o trauma sofrido com esse tipo de brincadeira de mau gosto. Aos nove anos, cansada de ser chamada de loira burra, quis pintar o cabelo de preto. A mãe não deixou. Então, de forma inconsciente, começou arrancar os fios até a mãe desconfiar e levá-la a uma psicóloga.

Com essas indecisões e doloridas lembranças, na hora do intervalo, a Adriana foi ao pátio sem querer falar com ninguém. Para fugir das outras meninas, que ansiavam conversar a respeito do acontecido, ela escapou para o banheiro. Quando voltou ao pátio, isolou-se num canto.

De repente, no meio daquela confusão de vozes e risos entrecortados por gritos, que acontece na hora do intervalo, ela destacou a gargalhada do Alexandre, seguida pela voz da inspetora de alunos repreendendo alguém:

– Por que você deu essa rasteira nele?

Adriana se alongou nas pontas dos pés e viu o Steven respondendo à inspetora:

– Foi ele quem tropeçou no meu pé.

– Vi você pondo a perna pra ele cair.

– Porque ele me mostrou o dedo do meio – mentiu.

– Vai andando, Steven, que estou de olho em você!

E estava mesmo. Nem cinco minutos depois, novamente, a inspetora interveio a favor do Rafael que, constrangido, levantava-se de um novo tombo.

– Que está acontecendo aqui, Steven?

– Sempre eu! Só eu que apronto neste colégio! – ele lamentava, fingindo ser vítima. – Sou sempre o culpado de tudo. Sempre acabo pagando o pato por tudo.

A turma ria da cara de cínico dele, pois, na verdade, ele havia empurrado o Rafael por cima do Alexandre, que, agachado, armou a cama de gato, para o rapaz cair.

INTOLERÂNCIA

Na manhã seguinte, como se fosse uma cobra, a mãe do Steven foi ao colégio querendo falar com a Ruth, diretora do Supremo. Não servia a Mônica, pois não se sentia à vontade em conversar com ela. Achava que, por ser psicóloga, a Mônica lia os seus pensamentos. Só concordou em falar a Mônica porque a diretora chegaria mais tarde e ela não podia esperar. Estava ofendida:

– Quero saber por que estão perseguindo o meu filho.

– Por que a senhora acha isso? – a Mônica a encarou.

– É todo mundo contra ele.

– Quem é todo mundo, dona Mary? – a Mônica ironizava, porque o nome dela era Maria.

– Agora, é esse filhote de ajudante-geral, batendo no meu Steven e a inspetora dando bronca no coitado. Culpa o meu filho de coisas que ele não fez. Onde já se viu uma coisa dessas? Desde pequeno, tudo que acontece aqui foi o Steven quem fez. Parece que só existe ele no mundo. Pra piorar, chega esse pobretão, filho de um ajudante-geral recém-contratado, e fica batendo no meu filho, que paga uma nota de mensalidade. Isso é demais. Exijo providências, urgentes. Não pago mensalidade tão cara para ver o meu filho ser maltratado e ter de conviver com o filho de um ajudante-geral.

– Calma, dona Mary! – pediu a Mônica, surpresa de como a mulher já estava inteirada de quem o Rafael era filho.

– Calma coisa nenhuma! Conheço bem essa sua conversinha. Por ter calma, já engoli muito sapo, durante esses anos todos, aqui no colégio. Agora, quando pensei que fosse ter descanso, porque, graças a Deus, faltam apenas quatro meses para o meu Steven concluir o Ensino Fundamental e ir cursar o Ensino Médio em outro colégio melhor, me aparece esse pobretão protegidinho.

– Vamos conversar, dona Mary!

– Conversar o quê? Sei bem por que isso está acontecendo. Não sou boba, conheço os meus direitos. Estão perseguindo o Steven por estarmos, temporariamente, inadimplentes. O Supremo fica aí nos acionando juridicamente. O Rock, meu marido, propôs mudarmos o Steven para outro colégio. Até conversei a respeito com o Steven. Entretanto, ele, inocente como é, não quer, por causa dos amigos. Que amigos? Aqui ninguém é amigo dele. Mas sabe como é mãe? Acaba sempre fazendo o que os filhos desejam.

— Nós vamos... — a Mônica ia falar, porém foi cortada, como sempre.

— Vão nada. Vocês não fazem nada, Mônica. Só tem uma coisa: não quero o meu filho misturado com filho de ajudante-geral — impôs, virou as costas e foi embora.

DOIS CASOS DE *BULLYING*

As palavras de intolerância da mulher despertaram na Mônica a conscientização de quanto ela não suportava as segregações religiosas, os preconceitos raciais, as discriminações sociais, a falta de respeito pelas diversidades, as injustiças, o desrespeito por outra pessoa e o mal que a mídia causa ditando padrões de beleza.

Mesmo não sendo um assunto tratado como segredo, sentia curiosidade para saber como a mãe do Steven soube tão rapidamente de quem o Rafael era filho. Sentia que a vinda da mulher sinalizava-lhe o quanto ela, como orientadora-educacional, teria de enfrentar para integrar o Rafael aos alunos do colégio. Sua providência de pedir aos professores para acompanharem o rapaz na entrada e saída da classe não era o bastante para protegê-lo. Bastava ele ficar sozinho, para os antigos alunos discriminá-lo, com perversidade. Expô-lo ao ridículo. Gozá-lo. E, mesmo ela protegendo-o, inevitavelmente, ele sofreria preconceitos, por não

DOIS CASOS DE *BULLYING*

pertencer à mesma classe social dos outros. Consciente de que situações como essa devem ser acompanhadas de perto, com urgência e competência, respirou fundo como quem se prepara para uma grande batalha.

Ainda, por mais um minuto, ali em sua cadeira, rememorou momentos delicados com alunos envolvidos em casos de *bullying*. As coisas eram iniciadas como piada e terminavam em verdadeiros desastres que, muitas vezes, marcam as vítimas para o resto da vida.

Lembrou-se de uma ex-aluna do Supremo, chamada Paula. Os colegas começaram a chamá-la de gorda, depois de leitoa, baleia. Acuada e psicologicamente fragilizada, ela passou a evitar o convívio com os colegas. Arrumava pretextos para não ir ao colégio, porque lá se encontravam os seus algozes. Trancou-se no seu quarto. Só convivia com amigos virtuais que, por não a conhecerem, acreditavam que fosse magra, como ela dizia ser. Obrigada, pelos pais, a ir ao colégio, a menina continuou sendo fragilizada e recebendo gozações dos colegas.

Um dia, ela não aguentou e reagiu: unhou e mordeu um colega de classe. A partir de então, apelidaram-na de baleia-orca, baleia-assassina. Infelizmente, isso só chegou ao conhecimento da direção do colégio quando a menina saiu do Supremo, para receber acompanhamento de uma psicóloga.

Felizmente, outro caso fora detectado a tempo e, por isso, teve final feliz. Um dia, a mãe de uma aluna, agora já formada pelo Supremo, procurou-a. Havia flagrado a filha vestindo uma blusa sobre a outra, num dia de calor. Indagou-lhe o motivo. A menina não quis contar. A mãe apertou. Chorando, ela justificou que usava blusas para esconder suas costelas. Era macérrima, e por isso os meninos a elegeram a mais feia do colégio. Ela conversou com a garota. Disse-lhe que deveria tirar vantagem da sua magreza, transformá-la em qualidade. Ouvindo suas palavras, a menina reagiu bem: hoje é modelo, desfila e é capa de várias revistas.

Saindo dessas lembranças, a Mônica chamou a inspetora de alunos e a questionou sobre o comportamento dos alunos em relação ao Rafael. Por um segundo, a mulher titubeou. Pensou em não se meter. No entanto, voltou atrás por confiar na Mônica, que sempre soube conduzir como ninguém qualquer situação de relacionamento e conduta dos alunos. Assim, a inspetora acabou contando do pacote de bolacha, da rasteira no pátio, da cama de gato para o Rafael cair.

– Obrigada, Marisa!

– Nada – respondeu a mulher e saiu.

A Mônica se pôs a pensar uma estratégia capaz de quebrar a dinâmica daquele processo de *bullying* de que o Rafael estava sendo vítima.

A INVEJA DO SUCESSO

Sob o título de Jogo de Integração de Gerações, o colégio instituiu partidas de futebol com pais de alunos jogando junto aos filhos. Para os pais e alunos do 9º ano, o dia agendado era as quintas-feiras, à noite.

Quando o Steven chegou e viu o Rafael e o pai dele prontos para jogarem ao lado do dr. Carlos Fragoso, pai do Murilo, ficou contrariado. Chamou o Murilo e o Alexandre de lado e intimou os dois a protestarem. Exigiu que convencessem os pais deles também a não jogarem com aquele ajudante-geral e o seu filho Rafael.

Em vão, dentro das suas possibilidades, o Murilo e o Alexandre tentaram atender ao pedido do Steven.

Assim, o jogo começou e o primeiro gol marcado foi do Rafael. O segundo a balançar a rede foi um chute do Campelo, pai do Rafael, que para o desespero do Steven jogava tão bem quanto o filho. Juntos, os dois davam um *show* de bola. Formavam uma verdadeira dupla de craques. Esse talento dos dois entalou ainda mais a garganta do Steven, que, sentado na arquibancada por ter se negado a jogar, lamentava-se por não possuir um pai como o do Rafael. Lastimava-se pelo padrasto nunca tê-lo tratado como filho. Por nunca estar ao lado dele. Nem sequer ter lhe dado um abraço no aniversário. Só o maltratava. Brigava com ele por qualquer coisa. Xingava-o. Por que ele era abordado de maneira tão diferente daquela bruxa da filha dele? Ela tinha o que queria. Fizesse ou acontecesse, sempre estava certa. Enquanto ele era o rejeitado da família. Mesmo a mãe se entendia melhor com a enteada do que com ele. Vivia protegendo a filha do gringo. Quando ele reclamava da diferença de atenção, a mãe justificava não saber criar homem. Dizia sentir dificuldade de entender homem, por ter sido sempre mulher. Lembrava-se de tê-la ouvido dizer que ele parecia com o pai. E ela detestava o pai dele. Sempre amou aquele gringo e todos os gringos nojentos do mundo. Até nele pôs nome de gringo. Odiava ser chamado de Steven.

– Vai, Rafa! – esse grito vivo do dr. Carlos, incentivando o rapaz ir marcar o gol, cortou-lhe os pensamentos e a alma. O dr. Carlos Fragoso, o homem mais rico entre os pais de alunos do colégio, já havia adotado o rapaz, que mal acabara de conhecer.

E, para incomodar o Steven ainda mais, o terceiro gol foi marcado pelo dr. Carlos, após um excelente passe do Rafael. Eufóricos, os dois se abraçaram como se fossem velhos amigos. Como se tivessem a mesma idade. Demonstravam uma amizade que nunca houve com o Steven, pois o pai do Murilo mal respondia aos seus cumprimentos.

Enciumado, inconformado e invejando o sucesso do Rafael, o Steven começou a tramar um plano para se vingar do rapaz.

ATAQUE À PROPRIEDADE ACOMPANHADO DE AMEAÇA

Quando o jogo terminou, festivo pelo resultado de 3x0, o dr. Carlos abraçava o pai do Rafael e já o chamava de Campelo, como se fossem velhos conhecidos e da mesma classe social.

Incomodado com a irradiante felicidade da qual o Rafael participava, o Steven resolveu colocar seu plano em prática. Chamou o Murilo e o Alexandre de lado e compartilhou. Os dois rapazes ouviram a proposta, acharam a ideia divertida, riram entusiasmados e aceitaram participar.

Em seguida foram à cantina. O Steven pediu uma caneta emprestada, pegou num guardanapo e escreveu, com letras de forma garrafais, fazendo um improvisado cartaz:

ISSO É SÓ O COMEÇO

Decididos, os três seguiram até o vestiário, localizado no andar superior do ginásio de esportes. Lá, pela fresta do armário, covardemente, urinaram nas roupas e nos materiais escolares do Rafael, ali guardados.

Depois, enquanto o Steven fixava o papel na porta do armário, rapidamente o Murilo e o Alexandre se trocaram.

Saíram do vestiário, deram a volta pelo lado de fora, instalaram o olhar por entre os vãos de uns elementos vazados da janela e ficaram esperando o rapaz chegar.

Ao se deparar com o aviso fixado no seu armário e perceber o que lhe tinham aprontado, o rosto do Rafael da alegria da vitória se transformou para o pesar do ocorrido. Amassou o cartaz e o lançou com raiva ao chão. Abriu seu armário e suspendeu suas roupas, cadernos e livros encharcados de urina.

Os três, do lado de fora do vestiário, através dos vãos dos elementos vazados, assistiam à cena e riam de satisfação por terem feito aquela maldade.

DESESTRUTURA FAMILIAR

– O que esse imbecil tá pensando? – o Steven rolava na cama sem conseguir dormir. – Já avisei que a mijada é só o começo. Ninguém atravessa o meu caminho. Sou o Steven – dizia para si mesmo, julgando-se o maioral. – Se ele pensa que vai posar de bacana das meninas, craque de futebol e bonzinho do papai, pode tirar o cavalinho da chuva. Já enfrentei paradas piores e me dei bem. Não é esse pobretão que vai me desbancar. Não sei por que ele veio pro colégio. Pior que bem pra minha classe. Estudo com essa galera desde criança e, agora, chega esse imbecil pra me azucrinar. As coisas não vão ficar assim – remoía-se.

E como não dormia, pegou o controle remoto, ligou a televisão, rodou pela programação e nada lhe interessou. Desligou a tevê e, novamente, tentou se entregar ao sono. Não conseguiu. Sentia calor, frio, cobria-se e se descobria. Pegou o computador para se distrair. Começou olhando os resultados de futebol; no entanto, as imagens do Rafael e as do pai do rapaz jogando na

DESESTRUTURA FAMILIAR

quadra do colégio tomaram conta da sua cabeça. Aquelas maldi-
tas boas jogadas e gols do rapaz e do pai dele lhe corroíam a alma.
Agora não abominava apenas o Rafael, também detestava o pai
dele. Quem sabe até já odiasse a mãe do rapaz, mesmo sem
nunca tê-la visto. Ah, se pudesse acabar com o Rafael e a raça
dele! – fechou a mão, cheio de cólera, e esmurrou o travesseiro.
Não entendia por que sentia tanta aversão pelo rapaz. Exausto,
procurou se acalmar. Melhor bater um papo virtual com alguém.
Não encontrou ninguém interessante, porque só lhe interessava
o Rafael. Queria atingi-lo. Acabar com ele, mesmo que fosse vir-
tualmente. Se, ao menos, tivesse algum endereço eletrônico dele
poderia ofendê-lo, humilhá-lo, desmoralizá-lo a ponto de se livrar
do que sentia por ele e poder dormir.

A imagem que tinha do pai lhe explodiu na cabeça:

– Com ele por perto as coisas seriam diferentes – balbuciou
tristemente para si mesmo e buscou na internet: eng. João Paulo
Lima. O resultado foi uma lista enorme com o nome do pai, que
ele ficou adorando. Passava o dedo no nome como se tocasse o
próprio, o rosto paterno. Um rosto que, para ele, era simplesmente
uma vaga lembrança. Uma imagem mais criada do que real.
Quando o pai e a mãe se separaram, ele tinha apenas cinco anos

de idade. Depois da separação, a mãe fez questão de destruir qualquer coisa que permitisse alguém lembrar o ex-marido. Rompeu contato, acabou com amizades, cortou fotografias, negou sua existência e proibiu a família e amigos de mencionar qualquer coisa a respeito dele. Durante anos, ela o fez acreditar que o pai abandonara os dois.

Entretanto, há mais ou menos três anos, sem querer, ele ouviu, por detrás da porta, a avó criticando a filha:

– Você foi cruel, quando jurou ao João Paulo que o Steven era filho do Rock. Humilhou o coitado dizendo ser esse o motivo do menino ter o nome de Steven. Com essa mentira, você liquidou qualquer possibilidade de relacionamento do seu filho com o verdadeiro pai. Ouvir que o Steven não era filho dele doeu mais ao João Paulo do que você traí-lo com o Rock.

Nesse dia repleto de revelações, o Steven chorou. Odiou a mãe e a si mesmo por ter acreditado nas mentiras dela. Dentro de si, pediu perdão ao pai, por sempre tê-lo recriminado pelo abandono. Ficou louco para encontrá-lo. Abraçá-lo e chamá-lo de pai. Dizer-lhe que era seu filho. Nunca fora filho daquele gringo nojento que o roubou do próprio pai. Sentia rancor da mãe, por tudo isso e por ela preferir aquele americano a ele. Ela sempre deu razão ao gringo. Nunca discordou do que ele falava e fazia. Chegava a amar mais a enteada do que ele. Por isso, quis saber onde o pai estava. Sem obter êxito, chorou, emburrou, fez chantagem e greve de fome.

Pela internet, localizou o pai que, em pouco tempo, havia se tornado um grande construtor de prédios na orla marítima de Natal, capital do Rio Grande do Norte.

Desde então, como um obcecado, o Steven cultivou o desejo de se contatar com o pai, para lhe contar a verdade. Abrir o jogo. Se o pai não acreditasse, que fizesse exame de DNA. Com esse intento, ele conseguiu o *site* da construtora do pai, os telefones da empresa e até o número do celular. Assim, por inúmeras vezes, ao se sentir sozinho, ligou para ouvir a voz do pai. O homem atendia e, em vão, ficava dizendo alô, alô, alô... Enquanto do outro lado, o Steven nem respirava, pois nunca venceu o medo de ser rejeitado como filho.

– E o Rafael não tem esses problemas – concluiu e chorou doído.

PRAZER DE VER SOFRER

Naquela noite, quando dormiu, o Steven teve pesadelos horríveis e confusos com o pai, a mãe, o padrasto gringo, o Rafael e o Campelo.

Pela primeira vez na vida, havia acordado antes do rádio-relógio tocar. Porém, ainda permanecia entregue às lembranças desconexas do seu pesadelo, como se elas fossem reais.

A empregada bateu à porta e ele não atendeu. Bateu novamente e ele nem deu sinal de vida.

A mãe veio chamá-lo:

– Steven!

– O quê? – fingiu acordar, revirando-se na cama.

Ela entrou. Dominado ainda pelas lembranças da noite, quando rememorou que ela o havia separado do pai, ele a encarou com certa aversão. Disse que não iria ao colégio. Ela insistiu. Ele confirmou sua decisão e se virou para o outro lado da cama. Ela quis saber o porquê. Sempre insistia nos porquês dele, sem nunca pensar nos porquês dela. Como pretexto, ele respondeu não ter dormido direito à noite e estava morto de sono. Reclamou da manhã fria demais para ir ao colégio. Ela não perdeu a oportunidade de dizer que adorava frio e por isso gostaria de morar nos Estados Unidos. Começou falando da vantagem da temperatura de lá e passou a engrandecer os norte-americanos. Revoltado, ele a chamou de americanizada. Começaram a discutir. Ele afirmou odiar essa mania dela de supervalorizar as coisas de lá em detrimento das do Brasil. De repente, lembrou-se da sacanagem feita com as coisas do armário do Rafael. Seu rosto resplandeceu uma felicidade de vingança. Ele gargalhou e pulou da cama, julgando ser divertido ir ver o rapaz na aula, sem cadernos e sem livros.

Diante disso, rapidamente, foi ao banheiro tomar banho e escovar os dentes. Não penteou os cabelos. Vestiu-se e foi ao colégio feliz da vida.

Pasma, a mãe, sem saber o motivo da repentina mudança, balançou a cabeça concluindo que, definitivamente, não compreendia os homens, principalmente os adolescentes.

MEU NOME É LIMA

A turma inteira já estava no colégio quando o Steven chegou.

Com um sorriso de cumplicidade pela sacanagem realizada juntos na noite anterior, o Alexandre abriu a roda, para ele entrar, e o saudou com reverência:

– Grande Steven!

Ele ingressou na roda, e como se fosse um imperador anunciou:

– Grande sim, mas não me chamem mais de Steven!

Interrogativos, os colegas olharam-no sem compreender aquela excentricidade.

– O Steven morreu hoje pela manhã – justificou com um pesar profundo não captado por nem um deles. – A partir de hoje me chamem de Lima.

– De chupar ou de limar? – brincou o Patrick.

– Do que vocês quiserem. Menos de Steven! – falou sério.

– Iiiiiiiiiiiiiiiiiiiiii... pirou de vez? – perguntou o Victor.

– Podem internar, que a piração tá braba! – afirmou o Patrick.

– Se o Alencar, o Camargo e o Barcelos podem ser chamados pelo sobrenome, por que não me chamam pelo nome do meu pai? – reivindicou o Steven.

– A gente também chama o Barcelos de *gayzinho*, quer? – sacaneou o Alexandre.

O Steven mostrou-lhe o dedo do meio e a turma riu. O sinal soou e eles foram para a classe.

ZOANDO

Na subida da escada, o Steven, apontando o Rafael, que subia um pouco mais à frente, deteve a Karen e pediu-lhe:

– Me consegue ao menos o *e-mail* e o número do telefone desse bosta! Quero zoar com ele. Derrubar esse cara da pose.

– Deixa comigo!

Ao chegarem à classe, cinicamente, a Karen sacou uma folha do caderno e anunciou:

– Aí, gente! Precisamos integrar o Rafael à nossa turma.

– Não vou me misturar com esse cara! – rebelou-se o Alexandre em voz alta.

O Steven puxou o Alexandre pelo casaco e com o olhar o fez entender para ficar quieto, que era mais uma armação.

Ela prosseguiu:

– Estou passando uma lista para cada um escrever o *e-mail* e o telefone, para ficar com o Rafael. Vou colocar, na lousa, o telefone e o *e-mail* dele.

O Camargo ia protestar, porém o Steven também fez sinal para ele se calar.

– Fala aí, Rafael!

Ele disse o endereço eletrônico, ela escreveu na lousa e, na sequência, perguntou-lhe:

– E o telefone?

– O meu quebrou.

Como sempre, menos a Adriana, todos riram do rapaz, por ele estar sem telefone, por tê-lo quebrado.

– Estou sem. O meu quebrou – o Steven o imitou.

Nova explosão de gargalhadas da classe.

Nisso, a professora chegou acompanhada da inspetora de alunos. Ao ver a inspetora entrando, a algazarra deu lugar a um burburinho de interrogação.

INVESTIGAÇÃO INDIVIDUAL

Só no final da tarde do dia anterior, a Mônica teve o conhecimento do *cyberbullying*, sem remetente, propagando a condição social do Rafael. Por isso, programou conversar com os alunos e apurar a respeito naquela manhã. Contudo, ao chegar ao Supremo, diante do caso da urinada no armário do Rafael, resolveu priorizar esta investigação. Para não correr o risco de cometer injustiça, ela sempre teve como estratégia de averiguação ouvir aluno por aluno, mesmo quando suspeitava de um ou alguns. Por isso, a inspetora estava lá na classe convocando, um a um, todos os presentes no colégio na noite anterior:

– Victor, a Mônica quer falar contigo – anunciou a inspetora e acenou para ele acompanhá-la.

Cresceu o maior burburinho de interrogação:

– O que o Victor fez? – perguntavam uns aos outros.

Ninguém sabia. No entanto, com certeza, devia ter acontecido algo grave. A orientadora não era de chamar aluno para conversar por qualquer coisa.

INVESTIGAÇÃO INDIVIDUAL

Quando o Victor voltou, a inspetora veio e convocou o Alencar.

Quiseram saber do Victor o que havia acontecido. Qual era o papo?

– Ontem à noite, urinaram no armário do Rafael e...

– Quê? – curiosa, saltou a Adriana interrompendo.

– Como assim? – indagavam as meninas sem entender.

– É sempre ele pra arrumar confusão! – acusativo, estourou o Steven, indicando o Rafael.

– Steven, por favor! – pediu a professora.

– É isso mesmo. Esse cara só dá problema. Vive colocando a gente em fria.

– Isso não é para ser resolvido na minha aula. Vamos continuar com a matéria! A Mônica está cuidando disso.

O Murilo estava desesperado. Lembrava-se da indignação do pai no carro, quando voltavam para casa:

– Isso é uma covardia. Onde se viu fazer uma coisa dessas com o rapaz? Se um homem tem diferença com outro, deve chegar e falar. Tem de ser homem. Que eu nunca saiba que filho meu seja capaz de tamanha canalhice.

A inspetora de alunos voltou:

– Dá licença, professora!

O Murilo temeu ser chamado.

69

– Agora, é você, Gabriel – afirmou dando a entender para o rapaz descer para falar com a Mônica.

Aliviado, o Murilo respirou fundo.

Depois do Gabriel foi o Patrick, o Barcelos. Trocou a professora e mais outros, presentes no colégio, na noite anterior, também foram convocados.

Soou o sinal. A professora convocou o Rafael para acompanhá-la.

AS CONFABULAÇÕES DURANTE O INTERVALO

O buchicho cresceu na sala e seguiu para o pátio. Queriam saber detalhes do que aconteceu e estava acontecendo. No meio dessa confusão, os alunos especulavam e confabulavam.

– Dos rapazes presentes no colégio na noite anterior só o Steven, o Murilo e o Alexandre não foram chamados para falar com a Mônica – muito desconfiada, observou a Naila.

– Pra mim, eles estão metidos nisso até o pescoço – opinou a Adriana.

– Olha como você é, Adriana! Nem sabe e já vai logo acusando – indignada, repreendeu a Karen.

Recuados da turma, o Steven, o Murilo e o Alexandre conversavam:

– Meu pai me mata se souber que estou metido nisso – lamentava o Murilo. – Ontem à noite, no carro, ele foi falando um monte de merda. Se souber que estou nisso, me mata. Ele não dá moleza nem a pau. Antes de ficar rico, ele teve de engolir muito sapo. Por isso não suporta ver alguém se desfazendo ou fazendo mal para outra pessoa. Nem sei...

— Para com isso, Murilo! — interrompeu o Steven e perguntou: — Tá amarelando, tá?

— Sei lá, cara! Sei lá... — o Murilo coçava a cabeça, temendo ter de enfrentar a bronca do pai.

— Eles estão totalmente perdidos — convicto, afirmou o Alexandre se referindo aos dirigentes do colégio. — Nem suspeitam de nós. Se desconfiassem, já tinham caído matando. Nem fomos chamados.

AS DUAS ÚLTIMAS AULAS DO DIA

Mas, um a um, os três foram convocados durante as duas últimas aulas.

Primeiro foi o Murilo. Desceu preocupado com as possíveis perguntas da Mônica e as respostas que ele devia dar. Durante o tempo da conversa, manteve-se bastante nervoso e se contradisse várias vezes. Saiu de lá com a certeza de tudo aquilo não passar de uma encenação para não acusá-los diretamente, porque na verdade o colégio não tinha dúvidas de ser ele mais o Alexandre e o Steven os autores da sacanagem feita ao Rafael.

A inspetora subiu com o Murilo à classe e desceu com o Alexandre, em direção à sala da orientadora-educacional. Tão logo o rapaz começou a responder, percebeu que suas primeiras respostas não foram convincentes. Já havia assistido a inúmeros filmes policiais nos quais a tática de interrogatório consistia em iniciar com perguntas fáceis para depois ir complicando, até o investigado se embaraçar por completo e acabar confessando.

E assim a conversa estava sendo conduzida: a cada pergunta nova, a Mônica fazia outra mais complexa que a anterior. Ele se viu enrolado a ponto de confessar. Só não o fez, porque ela, propositadamente, parou de questioná-lo. Fez-se de boba e mudou radicalmente de assunto. Passou a falar de amenidades tolas, sem relação com o assunto. Coisa que o deixou muito intrigado:

"Por que ela não o deixou confessar? O que ela tramava?"

Cheio dessas dúvidas, para as quais não encontrava respostas, ele retornou à sala de aula.

Já bastante agressivo, o Steven foi conduzido pela inspetora, até a orientadora. Mal ela abriu a boca, afirmando querer conversar, ele reagiu:

– Isso não é uma conversa. É um interrogatório. Tô cansado de ser perseguido neste colégio. Sou sempre o culpado de tudo o que acontece aqui.

– Calma, Steven! – pediu ela.

– Minha mãe vai vir aqui – ameaçou.

– Por hora, ela não precisa se incomodar. Ninguém está acusando você de nada. Estou conversando com todos os rapazes presentes no jogo de ontem à noite e você é um deles.

– Mas pode ter sido um pai de aluno que urinou no armário desse cara. – sugeriu.

– Primeiro, Steven, não vamos chamá-lo de cara. O nome dele é Rafael e assim deve ser tratado. Segundo, não acredito na possibilidade de um pai de aluno fazer uma barbaridade dessas.

– Não gosto dele – falou o Steven em relação ao Rafael.

– Não sei por qual motivo, mas isso não lhe dá o direito de... – gaguejou.

– Fale! – cortou o Steven, provocando-a. – Ia dizer que fui eu? Que suspeita de mim? Não é isso? Pois saiba que precisava de três caras, pra ter tanta urina assim.

– Por que você acha que precisava de três?

– Porqueee... – agora foi ele quem gaguejou. Estancou por um segundo e respondeu: – Porque me falaram que tudo do armário dele estava encharcado.

– Quem falou, Steven? – perguntou firme, encarando-o.

– Quem falou... – titubeou.

– É! Quem te falou? – inquiriu-o olhando-o nos olhos.

– Não lembro. Quero que tudo se dane! – explodiu, saiu nervoso e, em vez de voltar à sala de aula, foi ao banheiro.

Essa saída brusca do Steven frustrou a ideação da Mônica, que desde as primeiras conversas com os alunos passou a confirmar a sua suspeita do Murilo, do Alexandre e do Steven. Por isso, estrategicamente, deixou os três rapazes por último, pois precisava da confissão do próprio Steven, para depois ele e a mãe dele não virem com a lamúria de sempre, dizendo que o mundo o perseguia.

– O que vou fazer agora, com esse caso? – ela se indagou, diante da inesperada saída do Steven.

Para surpresa dos alunos da classe, enquanto o Steven fazia hora no banheiro, a inspetora convocou o Rafael para falar com a Mônica.

Alguns alunos acreditaram que a Mônica descobriu ser o Steven o culpado e ia colocá-lo de frente com o Rafael, para ele pedir desculpas ao rapaz.

Só alguns minutos depois de ter batido o sinal, o Steven voltou à classe. Encontrou um e outro nas escadas e corredores indo embora, entretanto, ele não quis conversa com ninguém. Na sala de aula, encontrou o Murilo e o Alexandre esperando-o.

O BATE-BOCA COM O MURILO

Andando de um lado para o outro, ansioso para saber como havia sido a conversa do Steven com a orientadora-educacional, o Murilo disparou à queima-roupa:

– E aí, cara? Como foi o papo?

– Ela é uma tremenda babaca. Fica jogando verde pra colher maduro. Pensa que sou otário.

– E o papo com o imbecil? – o Alexandre perguntou ao Steven.

– Que imbecil? – quis saber o Steven. – O Rafael? Sei lá desse malacafento! – prosseguiu.

– Ele desceu logo depois de você, pra falar com a Mônica – informou o Alexandre.

– Nem vi. Deixei ela falando sozinha e fui pro banheiro.

– Não sei não – arriscou o Murilo, coçando a cabeça cheia de preocupações. – Pra mim, todo mundo sabe que a gente tá metido nessa história até o pescoço.

– Que se dane! – revoltado respondeu o Steven. – Acho até legal descobrirem que fomos nós três. Vão fazer o quê? Expulsar a gente?

– Qual é, cara?! Enlouqueu de vez?! – saltou o Murilo, contrariado.

– Assim, eu me vingo da minha mãe – disse com pesar.

– Vingar o quê, Steven? Que papo é esse, meu? – nervoso o Murilo quis saber.

– Coisa minha – respondeu o Steven, disfarçando o ódio sentido por sua mãe ter feito o que fez a ele e ao pai dele.

– Coisa sua. Legal! Mas você botou a gente nesse enrosco todo. Nessa maior fria, Steven.

– Cada um mijou porque quis. Eu não obriguei ninguém.

– Você é um idiota! – explodiu o Murilo.

– Idiota é você! – reagiu o Steven.

– Calma! Muita calma nesta hora. Vocês não vão querer brigar agora?! – ponderou o Alexandre.

– É esse idiota, cagando de medo – disse o Steven, referindo-se ao Murilo.

– Vamos numa boa! Pra mim, o colégio já deve ter resolvido isso, muito bem. Só fez toda essa cena pra fingir estar fazendo alguma coisa. Agora, vai abafar o caso e pronto. Vai dizer que se esforçou para apurar os responsáveis, mas não conseguiu. O que o Rafael vai fazer? Perder a bolsa e ir embora? O colégio não vai ficar queimando cartucho com esse imbecil – o Alexandre afirmou seu ponto de vista e, por tabela, chamou o Rafael de imbecil.

– É isso aí! O colégio não é trouxa pra correr o risco de ficar sem a grana das nossas mensalidades, só por causa da queixa do filho do faxineiro – acrescentou o Steven.

– Com certeza, a Mônica, com aquele papo manso dela, aconselhou o tal de Rafael a deixar essa história pra lá – ponderou o Alexandre e acrescentou: – E, agora, tá fazendo esse pavor todo pra amedrontar a gente.

– Tomara – suspirou o Murilo. – Se eu sair dessa, não me meto em outra nem matando. Pra mim, chega!

– Tá cagando de medo, cara? – o Steven provocou o Murilo.

– O pai dele é brabão pra caramba – interferiu o Alexandre, tentando amenizar a iminente confusão entre os dois.

– Bem que meu pai me avisou... – choramingou o Murilo.

– Avisou o quê? – ofendido o Steven quis saber.

– Pra não andar com você, que eu ia acabar me enroscando sem perceber.

– Ah! Vai se danar, Murilo! Que papo mais otário! O que você tá querendo? Que eu diga que fui só eu e livre a sua cara? Já falei pra ela que aquilo foi mijada de três.

– Você falou isso?! – desfaleceu o Murilo.

– Falei e tá falado!

– Ah, você é mesmo o bonzão! O bonzão do pedaço...

– Sou mesmo e daí? Pelo menos não fico morrendo de medo de papaizinho. E não quero mais papo!

– Combinado! É melhor mesmo cada um ficar na sua – e começou a ir embora deixando os dois.

– Vai, seu trouxa! Bobão! – indignado, o Steven gritava para o Murilo que seguia o corredor afora.

– Menos, Steven! Deixa isso pra lá! – pediu o Alexandre, tentando acalmá-lo.

– É esse trouxa! Papo mais idiota.

– Nós sempre fomos amigos.

– Amigo zé-mané desse jeito tô dispensando. O cara é o maior vacilão.

Apareceu a inspetora de alunos:

– Posso saber o motivo de tanto barulho?

– Nada não. Numa boa – respondeu o Alexandre, pondo a mochila nas costas e indo embora.

O Steven ficou ajuntando seu material escolar. Quando saiu, o motorista da família não esperava por ele. Então, ele ligou para a mãe. O motorista dela atendeu ao telefone, porque ela estava no psicólogo, em uma sessão de análise, e não podia ser interrompida. O Steven o mandou buscá-lo. O motorista respondeu que não. Informou-lhe que só o buscaria no final da tarde. Ainda, acrescentou que se ele quisesse poderia voltar de ônibus. Isso eram ordens dela. O Steven ficou indignado com a mãe e com o motorista, que lhe obedecia. Pisando duro, voltou para o colégio para almoçar e aguardar até à tarde.

O FURTO

Naquela hora, os primeiros pivetes, que era como o Steven denominava os pequenos, já chegavam e tomavam o pátio, com seus gritos e correrias. Irritado com o mundo que desabava sobre sua cabeça e também com aquela tremenda algazarra, o Steven passou acelerado pelas crianças e foi direto ao restaurante, onde muitos jovens estudantes do período da manhã almoçavam, porque à tarde se dividiriam entre as aulas de judô, futebol, patins, teatro, reforço de matérias, no próprio colégio.

Chegando lá, olhou geral e perdeu a fome diante da condição de ter de almoçar e bater papo otário, como ele dizia, com alguém daquele pessoal não pertencente a sua turma.

Foi à cantina, onde, mais por vício do que por fome, comeu um salgado e bebeu um refrigerante. Ficou lá sentado, sozinho, com a perna esquerda esticada em outra cadeira, remoendo a raiva por não ter dinheiro há mais de ano para andar de táxi, e, por isso, ter de aguardar o motorista buscá-lo, já que havia resolvido não voltar para a casa de ônibus. Entregue ao tempo disponível, seus pensamentos, ressentimentos, acusações e zangas, num desorganizado vaivém, voltaram-se para a mãe, o motorista dela, o padrasto, o Rafael e seu pai, à Mônica e agora também ao Murilo.

Assim, passou mais de hora até que, movido pela curiosidade de ver o pai do Rafael trabalhando, saltou da cadeira e, cautelosamente, para não ser flagrado, caminhou para o lado direito da cantina em busca do corredor e avançou indo parar no fundo do colégio, onde o Campelo trabalhava na manutenção.

Lá não havia ninguém. Como funcionário tipo faz-tudo, o homem devia estar trabalhando em outro lugar, pois a jaqueta do uniforme de frio dele se encontrava lançada sobre um monte de carteiras quebradas, que esperavam reforma. O Campelo devia tê-la desvestido, por causa do calor e, para não parar o serviço, deixou-a fora do seu armário. De pronto, o Steven concluiu que se sumisse com aquela peça de roupa estaria de alguma forma prejudicando o pai do Rafael.

Essa ideia o agradou a ponto de impulsioná-lo a sair, rapidamente, de detrás da pilha de carteiras, correr até a jaqueta, furtá-la e, apressadamente, enfiá-la em sua mochila.

O FURTO

Então, temendo ser flagrado por alguém, abandonou o local, apressadamente, voltando para o pátio do colégio.

Depois, pelo telefone, avisou o motorista da mãe de que havia decidido ir embora de ônibus.

SENTINDO-SE REJEITADO

A mãe ainda não havia posto os pés em casa quando o Steven chegou. Pensou em almoçar. Foi à cozinha e perguntou à cozinheira o que havia sido feito para o almoço. Ela falou e ele torceu o nariz.

– Quer que eu descongele alguma coisa pra você? – ela se prontificou.

– Não vou almoçar – respondeu e seguiu para o seu quarto.

Numa folha de papel em branco, escreveu NÃO ME PER-TURBE e pendurou este aviso na maçaneta da porta. Cansado por não ter costume de usar transporte coletivo e, principalmente, por não ter dormido na noite anterior, só tirou os sapatos e se jogou em sua cama. Dormiu muito.

Acordou com o quarto escuro. Seus olhos alcançaram o mostrador digital esverdeado do relógio acusando 23h11.

– Puxa! – espantou-se. – Dormi pra caramba – concluiu se espreguiçando.

Sentindo fome por não ter almoçado nem jantado, levantou-se e se pôs em direção à cozinha para comer alguma coisa.

Ao passar pelo quarto da mãe, ouviu-a discutindo com o padrasto. Parou para escutar melhor. Com seu sotaque ianque, o padrasto gritava estar cheio dela e do Brasil. Afirmava estar arrependido da loucura de ter vindo para cá e, principalmente, do tempo perdido ao lado dela.

– Não! Não e não! Não acredito que estou ouvindo isso de você – no meio do seu choro, a mulher protestava.

– É isso mesmo: cheio de você – ele repetia.

– Você vem dizer isso bem pra mim que te amo tanto?

– Tô preparrado, parra sumir. Eu só tá esperrando entrar bom dinheirro parra eu desaparrecer do mapa.

– Que dinheiro é esse? – ela quis saber.

– Não interressa. Quando tu saber, já eu tá longe.

– Você não pode fazer isso comigo! Não pode me abandonar. Se você vai embora, leve-me contigo – ela implorava.

– Não! Querro vida nova, mulher nova. Querro me esquecer de você e do Brasil.

– Eu me mato, se você me abandonar! – ameaçou ela.

– Parra mim tanto faz. Eu não vai mudar de ideia, por caso de sua choradeira.

– Só tenho você na vida. Só você. Sem você nada tem sentido na minha vida. Prefiro morrer a viver sem você – gritou ela.

– Então, se mate! – afirmou ele.

Ouvindo aquilo, mais uma vez, o Steven experimentou o gosto de ser rejeitado pela mãe. Mesmo assim, teve pena dela. Teve vontade de arrombar a porta e esganar o gringo, como ele apelidou o padrasto. Mas se acovardou. Conteve o ímpeto e ficou ouvindo a mãe chorar... O choro se instalou nos seus ouvidos. Esquecido da fome, ele levou o choro da mãe para o seu quarto. Lá se atirou na cama, desesperado com os males que tomavam conta da sua vida. Sentia pena e raiva da mãe. Pena por vê-la chorar e saber que ela não viveria sem o gringo e seria mesmo capaz de se matar por ele. Raiva por ela ter trocado o pai dele pelo padrasto. Odiava aquela mania dela de achar melhor tudo o que fosse norte-americano. Se ela não tivesse abandonado o pai, não o houvesse traído, seria uma maravilha. Atualmente, o pai era o dono de uma grande construtora. A vida havia virado o jogo em poucos anos: o pai pobre ficou bilionário e o gringo rico, agora, não tinha mais onde cair morto.

A ideia de ter o pai ao lado foi crescendo a ponto de ele, subitamente, sem se dar conta do que fazia, levantar-se, pegar sua mochila, tirar a jaqueta furtada de dentro e voltar para a cama.

Deitado, se abraçou àquela peça de roupa, como se estivesse abraçando o próprio pai. O pai que gostaria de ter ao seu lado, para defendê-lo daqueles males. Um pai amigo como o do Rafael e que jogava bola com ele. E assim, abraçado à jaqueta, ele chorou, como se ainda fosse um menino pequeno, apertando o pai, por ter medo das coisas ruins da vida.

À noite, teve pesadelos horríveis com o pai vindo buscá-lo, porque a mãe se suicidara como havia prometido. Acordou cedo, mesmo sem ter necessidade de ir ao colégio, porque era sábado. Vendo-se abraçado à jaqueta, abominou-se por tê-la usado como consolo, para sua carência. Por um segundo, indagou-se o porquê daquele seu ato. Não encontrou a resposta. Desistiu de querer saber, lançando a jaqueta longe da cama. Depois, para evitar que a empregada ou a mãe a visse, foi e guardou a peça furtada dentro do guarda-roupa, embaixo de uma pilha de roupas velhas, que já não usava.

ARMANDO O BOTE

Para o desespero da Adriana, que só pensava no Rafael, no sábado e domingo, por não haver aula, a turma não se encontrou.

Na segunda-feira cedo, o Steven foi catar a jaqueta para se livrar dela em alguma lata de lixo ou canto. Mas, ao pegar a peça furtada, de súbito, seu semblante ganhou ânimo. Ergueu-a como se fosse um troféu conquistado e, extasiado, ficou admirando-a de um lado e do outro. Pensou na cara do pai do Rafael, quando se descobriu sem ela. Tomado pelo desejo de ver como o homem se viraria sem a jaqueta, naquela manhã fria, decidiu chegar ao colégio mais cedo. Não ia esperar pelo motorista para levá-lo. Também, não queria ver a mãe quando ela acordasse. Estava magoado por não representar nada para ela. Surpreendeu-se sem saber o que fazer com a jaqueta. Voltou a escondê-la no guarda-roupa. Ágil, entrou no banheiro. Fez as necessidades e tomou banho. Rapidamente, vestiu seu uniforme e pôs a mochila nas costas. Passou pela cozinha, pegou uma maçã e um pacote de bolacha. Saiu comendo até o ponto de ônibus.

Foi um dos primeiros alunos a chegar ao colégio. Disfarçou indo ao banheiro, onde, pela janela, sondou o momento certo de sair e se esgueirar pelo corredor até o fundo do colégio. Na oficina de manutenção, escondeu-se atrás do monte de carteiras e ficou espreitando.

Com passos ágeis e decididos, o Campelo chegou. Vestia uma blusa de lã embaixo do uniforme. O Steven se sentiu vitorioso, por vê-lo sem a jaqueta.

O homem deixou sua mochila no armário, que ficava ali. De pronto, pegou uma vassoura e começou a varrer as fezes dos cachorros, que pernoitavam no fundo do colégio.

A ideia de obter vantagens daquelas imagens para prejudicar ainda mais o Rafael perpassou na cabeça do Steven. Sem pestanejar, ele sacou seu celular e foi fotografando a sequência do homem uniformizado varrendo, recolhendo as fezes com uma pá, colocando-as num latão de lixo, que pôs nas costas e levou embora.

O Steven aproveitou a saída do homem, para, sorrateiramente, voltar ao pátio do colégio, como se nada tivesse acontecido ou feito.

A QUEBRA DE AMIZADE

Era grande a curiosidade da turma a respeito da suposta conversa, que não houve na sexta-feira, entre a orientadora Mônica, o Steven e o Rafael. O Steven afirmava não ter conversado com o rapaz. Garantia ter saído da sala da orientadora e ido ao banheiro quando o Rafael desceu. A Karen disse que ligou e passou várias mensagens para ele, no fim de semana, para saber, e não obteve resposta. O Steven justificou seu isolamento, dizendo não ter estado legal. O Murilo chegou. O Steven se calou, na espera de ser cumprimentado por ele. Porém, o rapaz passou direto, como se não os conhecesse.

– E aí, Murilo? – provocou a Karen, sem saber do desentendimento entre os dois rapazes, na sexta-feira.

– Oi! – com a maior cara de invocado, respondeu o Murilo, voltando-se para trás e retornando ao seu caminho.

– Que bicho te mordeu, cara? – estranhando, ela insistiu.

Ele continuou andando como se não fosse com ele.

– Babaca – rosnou o Steven.

A Karen quis saber o que estava ocorrendo entre os dois. O Steven disse-lhe que o Murilo, para se safar de encrencas com o pai, queria que ele assumisse a sacanagem no armário do Rafael. Por isso discutiram.

– Para com isso! – pediu ela. – O Murilo é gente boa pra caramba.

– Pra mim tudo bem. É ele quem tá grilado.

– Pera lá! Vô dar um fim nesse vacilo – prontificou a Karen e foi atrás do Murilo, para conversar com ele.

O rapaz a evitou. Fingiu estar interessado no papo da Adriana.

O sinal soou. Foram para a classe. O Alexandre chegou atrasado. Mal o Steven viu o Rafael entrar na classe com a professora, com ódio, resmungou entre os dentes:

– Babaca!

Durante a aula, o Murilo evitou olhar para o Steven. Isso instigava o rapaz a ter mais raiva do Rafael por achá-lo culpado daquela situação de inimizade com o Murilo.

No intervalo, o Murilo fugiu da companhia dos demais. Foi para um canto com a Adriana e só com ela bateu papo. Sentindo-se rejeitada, a Karen se melindrou. Desejou ser um mosquitinho para se aproximar dos dois e saber o que eles conversavam.

Com as fotos feitas do pai do Rafael, o Steven se sentia superior a todos aqueles acontecimentos. Não via a hora de chegar à sua casa e colocar seu projeto em prática. Por isso, telefonou a sua mãe inventando passar mal como pretexto para não ir à aula de Inglês. Nervosa, ela respondeu que já o conhecia bem e, por isso, o motorista iria pegá-lo para almoçar no restaurante e levá-lo à escola de Inglês. Depois da aula, era só ele atravessar a rua e ir à clínica de imagem, em frente, para fazer ressonância magnética do joelho, que há algum tempo vinha apresentando problema.

– Meu joelho sarou. Não dói mais – mentiu, para apressar a volta para casa.

– Chega, Steven! Faça o que eu estou mandando! Não me crie mais problemas além dos que eu já tenho – gritou ela ao telefone.

Ele enlouqueceu de raiva. Mas não teve outro jeito. Contrariado, ele almoçou e foi às três aulas de Inglês do dia, e seguiu para a clínica de imagem. Assim, passou a tarde.

Às 18 horas, conforme o combinado, o motorista veio buscá-lo na clínica.

Logo que o Steven entrou no carro para ir para casa, o motorista anunciou:

– Sua mãe tá internada e quer ver você.

– Internada por quê? – estranhou.

– Ela passou mal e o médico resolveu interná-la.

– Eu não vou ao hospital!

– Acho melhor ir.

A fala da mãe prometendo se matar avivou na cabeça do Steven e ele esmurrou o banco do carro reclamando:

– Droga! Droga! Droga!

COMUNIDADE "ODEIO MEU PAI"

O Steven chegou ao hospital para falar com a mãe. O atendente o barrou, informando-lhe que ela fora sedada.

Preocupado, ele contou que a mãe prometeu se matar na noite anterior. Tentando tranquilizá-lo, o médico cientificou-lhe que ela teve uma crise nervosa e, para ser acalmada, fora sedada. Recomendou-lhe ir para casa, porque ela ia demorar.

Desconfiado da informação do médico, ele resolveu esperá-la. Temia que a mãe, por amor ao padrasto, fosse capaz de se matar, como havia prometido. Sentia vontade de esganar o padrasto, se pudesse, pois ele era o culpado de tudo e, no entanto, nem veio visitá-la no hospital.

A mulher teve alta às 23h20. O motorista levou os dois para o apartamento onde moravam. O padrasto ainda não se encontrava. Ela não quis ir para a suíte dela. O Steven a convidou para dormir no quarto dele. Ela preferiu se deitar no sofá da sala. Queria esperar o marido ali.

COMUNIDADE "ODEIO MEU PAI"

Odiando tudo e a todos, o Steven foi ao seu quarto, querendo se vingar do mundo. Abriu o computador, descarregou as fotos feitas do pai do Rafael e começou a executar a sua ideação. Com nome falso, se fazendo passar pelo Rafael, entrou em uma comunidade denominada ODEIO MEU PAI e instalou as fotos, sob o enunciado de letras garrafais, que escreveu:

> OLHEM MEU PAI
> CATANDO BOSTA
> NUM COLÉGIO DE MERDA.
> Rafael
> campelorafael@amir.com.br

Ao fim, admirando sua criação, sentiu-se vingado do Rafael, o qual ele nunca foi com a cara, porque as garotas o achavam bonito, era o bom de bola e, principalmente, por ter o pai que ele gostaria de ter.

Então fechou a mão e vibrou:

— Aí, trouxão! Vacila comigo, vacila! Vê se agora se safa desta! — e, sadicamente, riu de satisfação.

Mesmo assim, não se deu por satisfeito. Sob a proteção de falsa autoria e remetente desconhecido, copiou o conteúdo e o enviou a todas as pessoas e grupos pedindo reencaminhamento.

Na sua ansiedade de ver o circo pegar fogo, recostou-se no encosto da cadeira e ficou esperando o auê. Tão logo a turma tomasse conhecimento, ia começar o papo e a gozação.

Entretanto, para seu azar, a mãe bateu à porta, comunicando-lhe que dormiria no quarto dele, porque o padrasto chegou sem falar com ela.

Além de ir entrando, ela lhe mandou apagar a luz, desligar o computador e ir dormir.

O SUMIÇO DO MURILO

Contrariado, o Steven obedeceu às exigências da mãe. Ela se deitou na cama dele, enquanto ele se ajeitou no sofá do quarto. Mesmo assim, na esperança de alguém da turma ligar para ele, deitou-se com o celular ligado.

Sob o efeito ainda do sedativo, a mulher dormiu de imediato.

O celular tocou. O Steven saiu do quarto para atender. Ao contrário do que esperava, era o dr. Carlos Fragoso procurando pelo filho. Queria saber se ele sabia do Murilo, pois o rapaz saíra, à tarde, para andar de *skate* na pista e não havia voltado. Já havia telefonado para vários colegas do filho e ninguém sabia do paradeiro dele.

– Não – respondeu o Steven e precisou a informação: – Só vi o Murilo de manhã no colégio.

O homem agradeceu e desligou o telefone. O Steven ficou se perguntando o que poderia ter acontecido. Pensou em mil possibilidades. Nenhuma o convenceu. Relacionou o sumiço do Murilo com a mijada no armário do Rafael. Cogitou a possibilidade de o Murilo estar fugindo de medo do pai, por ele ter descoberto sua participação na sacanagem. Sim e não se conflitavam em sua cabeça. Resolveu ir à cozinha, para comer alguma coisa. Viu a luz do escritório do padrasto acesa até àquela hora da madrugada. Aproximou-se e ouviu o padrasto falando ao telefone:

— Amarrado, com boca tapada, pode deixarr ele no fabricom, que amanhã me virro!

O Steven tremeu de cima a baixo. Assustado, foi se afastar da porta e sentiu suas pernas trêmulas, a ponto de cair. Pensou que fosse desabar no chão. Tudo estava explicado: o Murilo fora sequestrado pelo padrasto. Prontamente, todas as palavras ouvidas da briga da noite anterior, entre a mãe e o padrasto, reavivaram em sua memória e tomaram sentido:

— Tô com tudo preparrado, parra sumir. Só tô esperrando entrar bom dinheirro, parra desaparecer do mapa.

— Que dinheiro é esse? — a mãe quis saber.

— Não interressa. Quando tu saber, já eu tá longe.

Agora, o Steven sabia que esse dinheiro seria o pagamento do resgate, cobrado pelo padrasto do dr. Carlos Fragoso, para ter

O SUMIÇO DO MURILO

o Murilo de volta. Assim, todas as conversas ouvidas foram se encaixando na sua conclusão:

– Você não pode fazer isso comigo! Não pode me abandonar. Se você for embora, leve-me contigo – a mãe implorava.

– Tô fugindo de você. Querro vida nova, mulher nova, esquecer de você e do Brasil – garantiu o padrasto.

– Me mato, se você me abandonar! – ameaçou ela.

A briga do padrasto com a mãe deu lugar à lembrança da conversa do padrasto com seu cúmplice no sequestro do Murilo:

– Amarrado, com boca tapada, pode deixarr ele no fabricom, que amanhã me virro!

Sentia a mesma vontade de ontem de arrombar a porta e esganar o gringo. Chamá-lo de sequestrador. Dizer-lhe que o denunciaria à Polícia. Falar da sua felicidade de vê-lo atrás das grades. Jogar na cara dele o quanto o odiava, pelo o que ele fez contra a mãe, contra ele e o pai. Mas a ameaça feita pela mãe lhe falou mais forte:

– Se você me abandonar, eu me mato!

Com essas palavras da mãe explodindo-lhe na cabeça, ficou sem saber o que fazer. Cogitou a hipótese de a mãe ser cúmplice no sequestro. Então, se ele denunciasse o padrasto, ela também poderia ser presa por estar envolvida. Se ficasse quieto, o padrasto ia pôr a mão no dinheiro e abandonar a mãe. Sentindo-se sem o marido, ela seria bem capaz de se suicidar, como havia prometido.

Impotente, diante de tão complexa situação, sentiu-se tentado a chorar de ódio. Esforçou-se para conter o choro. Meio trôpego voltou ao seu quarto, presumindo que só o pai poderia ajudá-lo, porque se a mãe se matasse, ele ficaria sozinho no mundo. Com o pai distante, foi ao guarda-roupa, agarrou-se à jaqueta furtada e começou abraçá-la como se ela fosse o próprio pai. Entregue a esse abraço, por um tempo, sentiu-se protegido. No entanto, a fala da mãe voltou a lhe gritar na memória:

– Me mato se você me abandonar!

Subitamente, obteve a consciência de não estar abraçando o pai. Com repugnância, empurrou a jaqueta furtada para longe do seu corpo. Entretanto, aquela simples peça de roupa o incomodava a ponto de se transfigurar no rosto do Rafael. Retomou-a e, aos poucos, pôs-se a torcê-la, como se esganasse o rapaz. Conforme a torcia, foi tramando um plano.

O PLANO E A EXECUÇÃO DO ÁLIBI

Como sabia onde ficava o "fabricom", o Steven tramou ir à velha fábrica abandonada, de propriedade da família, e, sem ser visto, jogar a jaqueta do Campelo no cativeiro do Murilo. Em seguida, faria uma denúncia anônima indicando onde estava o sequestrado. A Polícia chegaria, estouraria o cativeiro, resgataria o Murilo e, diante da jaqueta ali jogada, concluiria ser o pai do Rafael o sequestrador. Consequentemente, o padrasto não seria acusado de nada, também não colocaria a mão no dinheiro do resgate, portanto não fugiria e estando aqui ficaria com a mãe, que estando com ele não se mataria.

Esse era o plano perfeito e com ele o Steven começou agir para frustrar o êxito do sequestro do Murilo. Olhou para a mãe dormindo o sono dos anjos. O médico o havia informado de ser esse o efeito do sedativo. Por isso, tinha certeza de que ela não acordaria tão cedo. Pelo vão da porta entreaberta do quarto, ouviu o padrasto roncando feito um porco. Vestiu sua calça, camiseta e casaco de capuz, todos de cor preta, para se camuflar melhor na escuridão da noite. Pegou a jaqueta e a escondeu embaixo do seu casaco. Foi até a despensa e furtou cartões telefônicos da empregada, guardados ali. Puxou o capuz preto do casaco para tapar a cabeça. Em vez dos elevadores do prédio, possuidores de câmeras, ele preferiu descer, pela escada, os dezoito andares abaixo: da cobertura onde morava até o subsolo. Também, evitando as câmeras da portaria, dirigiu-se até a garagem, onde passou por um buraco na parede, que o possibilitou sair pelos fundos, sem ser visto. Na rua, seguiu em frente, madrugada afora.

Cautelosamente, no caminho, entrou em um terreno baldio, rolou no chão e se sujou o mais que pôde, para ficar bem parecido com um morador de rua.

A velha fábrica não era longe. Ele poderia entrar sem ser visto. Adentrou pelo portão dos fundos. Diante do paredão aprumado na sua frente, começou a sentir medo. Pensou em desistir. Contudo, lembrou-se de que o seu destino, da sua mãe e do Murilo estavam em suas mãos. Não podia se acovardar. Pior era a mãe se matar e ele ficar sozinho no mundo – sem pai, nem mãe e irmãos inexistentes. Os tios não gostavam dele por causa da mãe, que fez verdadeiras trapaças para se beneficiar da herança deixada pelo avô. Mesmo a avó materna, única viva, sempre preferiu os outros netos. Esse sentimento de medo da solidão o impulsionava para frente. Dava-lhe coragem para entrar naquela fábrica enorme abandonada, só habitada por aranhas, morcegos e ratos. Passou pela porta aberta e mergulhou na escuridão do prédio abandonado. Não ignorava que poderia se deparar com moradores de rua, mendigos ou viciados em droga, invasores da velha fábrica para se abrigarem ou se esconderem da Polícia. Se isso acontecesse, se faria passar por um deles. Estremeceu e sentiu um arrepio gelado, quando um morcego bateu asas bem no seu rosto. Procurava não fazer barulho, pois qualquer ruído feito podia denunciar sua presença no silêncio da noite. De repente, trombou com uma tábua solta, que despencou sobre uma velha máquina desativada, causando o maior barulho. Morcegos voaram e ratos passaram pelos seus pés. Com o coração na boca, de tanto medo, jogou-se ao chão e ficou deitado quieto para sondar se mais alguém ouviu a tábua cair. Enojado, arrancou uma aranha enorme que andava pelo seu rosto.

Ouviu uns grunhidos. Pensou mil possibilidades. Suspeitou pertencerem ao Murilo amordaçado. Respirou fundo, para tomar coragem, levantou-se e orientou os seus passos cautelosos, para o lado de onde partiam os grunhidos. Quase tropeçou no amigo sequestrado e amarrado, que só não o viu por estar com os olhos vendados.

Cautelosamente, para sua presença não ser percebida, arrancou a jaqueta do Campelo e a depositou ao lado do rapaz.

– Ah, Murilão! – pensou – Graças a este seu amigo Steven, daqui a pouco tudo vai estar bem contigo. Você me deve esta, meu mano veio!

Mesmo ansioso para estar longe dali o mais rápido possível, teve o maior cuidado de sair pisando em ovos. Voltou pelo mesmo lugar por onde entrou. Caminhou de volta para o seu apartamento. No caminho, pegou um telefone público instalado na esquina, respirou fundo e discou. A Polícia atendeu. Disfarçou a voz, tapando o bocal com uma parte do seu casaco, e denunciou o local do cativeiro.

Aí, sem correr, para não causar qualquer tipo de suspeita e ser interpelado, apenas apressou os passos. Voltou ao seu apartamento pelo mesmo vão da garagem, subiu os dezoito andares, degrau por degrau, e chegou de mansinho. Entrou no banheiro do seu quarto, arrancou a roupa, depois a camuflou no lugar da jaqueta. Com grande alívio por não ter sido pego, lavou-se e voltou para a cama. Com mil pensamentos, dúvidas e receios, ele demorou a dormir.

O COLÉGIO EM POLVOROSA

Cabia à Mônica o dever de combater atos de *cyberbullying* de suposta autoria do Rafael. No entanto, ela nem teve condições de pensar a respeito, pois o Supremo foi surpreendido pela aterradora notícia do sumiço do Murilo. Era muita coisa acontecendo e se acumulando para serem resolvidas ao mesmo tempo. O tumulto e o caos se instalaram no colégio.

Inconformada com o sumiço do Murilo, a Karen chorava sem parar. As meninas, na ânsia de consolá-la, acabavam chorando com ela. Preocupação e medo se estampavam nos rostos dos alunos. Os que chegavam falando sobre a mensagem recebida, supostamente remetida pelo Rafael, logo eram informados e passavam a comentar do desaparecimento do Murilo. Os comentários cresciam e eram modificados conforme a versão de cada um. Novas ondas de choro se sucediam. Havia inúmeras suspeitas de se tratar de sequestro. Partindo dessa suposição, especulavam quem poderia ter sequestrado o rapaz. Se ainda estava vivo era a dúvida mais angustiante de todas. Avaliavam a respeito do valor do pagamento do resgate, que não devia ser pouco, pois o pai do Murilo era multimilionário. Opinavam a respeito da possibilidade de vingança. Vingança de quem? – questionavam. Corria o boato de um suposto telefonema do Murilo ao pai, do próprio celular, dizendo que os sequestradores tinham lhe arrancado um pedaço da orelha.

Mesmo no meio dessa tremenda falação, com a maioria horrorizada por imaginar o Murilo sem um naco de orelha ou, pior, por estar morto, de vez em quando alguém falava da mensagem ODEIO MEU PAI e outro discordava a respeito da autoria.

A respeito do Rafael, a Adriana desconfiava do Steven. Julgava-o capaz de tamanha patifaria, porém preferiu se manter calada, para não falar sem saber. Também julgava mais fácil ela não tomar partido e confiar na desenvoltura da Mônica para investigar e conduzir o caso da melhor forma possível.

O Steven ainda não havia chegado. Estranhavam uns e outros.

Soou o sinal e os alunos foram para a classe.

Os professores se atrasaram em reunião de urgência, para serem instruídos como deveriam agir com os alunos naquele dia. Cada professor também tinha um palpite, um parecer sobre isso ou aquilo. A Mônica tomou a palavra e pediu a eles para não fazerem julgamentos precipitados. Poucos a ouviram, pois as conversas paralelas eram muitas. Embora fosse uma reunião de professores com a diretoria, parecia mais uma Torre de Babel. Quando a discussão caminhava a respeito do Murilo, um deles puxava o nome do Rafael. Se falavam do Rafael, alguém lembrava o assunto do Murilo.

No meio dessa confusão, o telefone tocou e a Mônica atendeu:

– Alô!

Os professores fizeram silêncio absoluto. Esperavam notícias do Murilo.

– Pois não, dona Mary!

Era a mãe do Steven telefonando para justificar a falta do filho. Desculpou que ela teve um mal súbito e o coitadinho do Steven ficou cuidando dela, até de madrugada. Por isso, ele estava sem condições físicas e psicológicas de comparecer às aulas do colégio.

A CONFUSÃO MAIOR

No 9º B a confusão era maior do que nas outras classes, pois os alunos envolvidos estudavam naquela turma. Por causa da falta do Steven, justamente naquele dia, seus colegas questionaram se não fora ele o autor da suposta mensagem do Rafael, na qual dizia odiar o pai e, por tabela, chamava o colégio de merda.

A Karen destoava totalmente desse palpite. Defendia a possibilidade de ser o próprio Rafael o autor da mensagem. Não por odiar o pai, mas para colocar os demais sob suspeita, fazer-se de vítima e se colocar na posição de perseguido.

Enquanto os alunos palpitavam isso e aquilo, também esperavam pelos professores e pelas novidades que eles pudessem trazer dos dois casos. Ansiavam pela presença do Rafael, para questioná-lo. O Camargo se lembrou de que o rapaz só viria com a professora da primeira aula. No entanto, ela chegou sem o Rafael. Estranharam, pois a Rebeca o havia visto chegar ao colégio. A professora foi massacrada de perguntas, que não pôde responder por ordem da diretoria. Só deixou escapar que a Mônica achou prudente o Rafael não subir para a sala de aula.

– Por quê? Por acaso o bonitinho é de louça? – ironizou o Alexandre.

Era impossível começar a aula.

Por ordem da diretora Ruth, que, ao receber a notícia, levantou as mãos para o céu dizendo graças a Deus, a inspetora entrou na classe contando que o Murilo fora sequestrado, mas já havia sido resgatado do cativeiro e estava em casa.

Essa boa notícia tranquilizou os alunos, mas por pouco tempo, pois logo o Alexandre desconfiou da veracidade da informação e começou a questionar se era ou não conversa-fiada, papo-furado, prosa pra boi dormir ou álibi para abafar o caso.

A Rebeca fez questão de contar a história do seu tio sequestrado:

– A própria Polícia mandou a família espalhar esse tipo de álibi, pois, assim, escondida da imprensa, a Polícia ganhou tempo, por não ser atrapalhada nas investigações.

– E daí? – o Victor se interessou.

– Daí, vocês não sabem não?

Com cara de não e curiosidade, a turma olhou para ela. Então, a Rebeca esboçou um traço de sorriso e respondeu:

– Foi encontrado morto.

Admitindo poder acontecer ou já ter acontecido o mesmo com o Murilo, um arrepio de terror percorreu pela classe.

– Saiu fotos em todos os jornais – continuou a Rebeca e ainda arrematou, com um tom de vaidade na voz: – Até eu saí na televisão!

A maioria sentiu repugnância pela futilidade da colega. A Karen desandou a chorar.

Inocentemente, a Amanda falou aquilo que muitos queriam dizer, mas ninguém tinha coragem:

– Isso também pode estar acontecendo com o Murilo.

– Uuuu!– a classe bufou em coro.

– Para de falar merda, Amanda! – exigiu o Alexandre.

– Parece ave agourenta – retrucou o Camargo.

– Olha como ele sabe folclore! – gozou a Regina.

Alguns riram da piada e a professora pegou firme:

– Menos! Não estamos para tanta graça.

Por repetidas vezes, escondidos da professora, alguns deles ligaram ao Murilo, para confirmar se o rapaz estava bem. O telefone só dava caixa postal. Então, o Alexandre, preocupado com o amigo, encheu-se de coragem e desafiou:

— Se o Murilo tá bem, como dizem, por que ele ou alguém da casa dele não atende ao telefone?

Aprovação total da classe: se o Murilo estivesse bem atenderia ao telefone.

— Se conseguíssemos falar com ele, tudo estava resolvido — emendou a Karen.

— Eu também não sei responder — ponderou a professora. — Talvez a família esteja abalada e não queira falar com ninguém.

Alunos e professores passaram a manhã inteira com esses questionamentos e discussões. Mesmo assim, ainda foram embora com inúmeras dúvidas e poucas explicações aceitáveis.

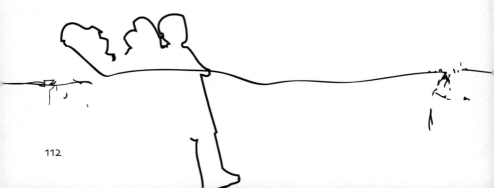

O IMPORTANTE É O MURILO ESTAR VIVO

Nessa mesma manhã, em casa, o padrasto do Steven não falava com ninguém. Estava com um mau humor do cão e os nervos à flor da pele. Virou, mexeu, urrava um palavrão, lá no escritório trancado, onde passou a manhã.

O Steven tinha vontade de pôr o dedo na cara dele e berrar:

– Te ferrei, né, sequestradorzinho de merda?

Entretanto, continha-se. Também sentia vontade de tranquilizar a mãe garantindo que, pelo menos por um tempo, o padrasto não iria abandoná-la, porque não iria colocar a mão na grana que esperava tomar do pai do Murilo. Mesmo assim, preferiu se calar. Gostaria de aconselhá-la para esquecer aquele gringo sequestrador. Novamente, ficou com a boca fechada, perguntando-se o motivo da crise nervosa da mãe.

O Steven também passou a manhã inteira preocupado com o Murilo. Não sabia se a Polícia o encontrara no cativeiro. Desejava que tudo tivesse dado certo para o amigo. Em vão, abriu o computador procurando por notícias nos jornais. Navegou pela rede dos amigos, onde só encontrou mensagens a respeito do Rafael, que já não o interessava. Sabia que o pior ainda viria para o rapaz, quando o pai dele caísse nas mãos da Polícia, como sequestrador.

A manhã para o Steven só ganhou brilho quando recebeu a ligação do Alexandre contando-lhe a respeito do sequestro do Murilo. Perante o Alexandre, ele fingiu não saber nada e se mostrou chocado com a notícia. Porém, sentiu-se aliviado ao saber que o Murilo já estava em casa. Pelo menos, advertiu o Alexandre, é isso que falaram na escola. Mas ressaltou ter muitas dúvidas sobre o caso e passou a enumerar um monte de suposições. O Steven ouvia, mesmo tendo certeza de que a informação era verdadeira e todas as suposições do Alexandre não passavam de meras hipóteses, pois ele sabia que a Polícia havia resgatado o Murilo com vida. Podia até ser que o canalha do padrasto ou seu comparsa tivessem arrancado um pedaço da orelha do amigo. Contudo, ponderou para si mesmo: o importante é o Murilo estar vivo. E se sentiu importante por ter colaborado para isso.

O INDICIAMENTO

Para maior surpresa e tumulto no colégio, nessa mesma manhã, dois policiais estiveram no Supremo investigando de quem era a jaqueta encontrada no cativeiro do Murilo.

– É do Campelo, nosso funcionário – respondeu a diretora Ruth, ainda surpresa por estar ali à frente de dois policiais.

– Tem certeza de que a jaqueta é dele?

– Absoluta, se vocês estão me afirmando estar bordado o nome Campelo no bolso.

– A pergunta parece óbvia, mas precisamos confirmar – esclareceu o outro policial.

– O que aconteceu? – a mulher implorou, querendo entender.

– A jaqueta dele foi encontrada no chão do cativeiro, ao lado do aluno sequestrado.

– Esse tal de Campelo trabalha aqui há muito tempo?

– No colégio é novato.

– Então, por que todo esse seu espanto por um desconhecido?

– Conheço esse homem há mais de dez anos. Ele trabalhava na fazenda do proprietário do colégio e sempre foi um homem honesto, bom funcionário e reto nas suas atitudes. Foi transferido para cá, por ter um filho dedicado, ótimo aluno, com vocação para ser médico. Tanto é que o colégio não dá bolsa aos filhos dos funcionários, contudo, no caso dele foi aberta uma exceção.

– É, minha senhora, as coisas mudam – comentou um dos policiais. – Na minha profissão, já vi delegados, que eu punha a mão no fogo por eles, irem pra a cadeia.

– Sabe como é cidade grande: o xucro vê tanta grana correndo que mete a mão na cumbuca – ironizou o outro policial.

– Podemos falar com ele? – perguntou um dos policiais.

– Claro! – prontificou-se ela, pegando o telefone.

– Por favor, não diga que estamos aqui! – instruiu um deles.

A diretora mandou o chefe dos funcionários de manutenção chamar o Campelo.

O homem veio. Limpou os pés no capacho da porta. Viu os policiais na sala da diretoria e sem desconfiar, absolutamente, de nada disse:

– Pois não, dona Ruth! Mandou me chamar?

Um dos policiais disparou a pergunta à queima-roupa:

– Onde está sua jaqueta?

– Tô procurando ela feito louco!

– Onde você perdeu a sua jaqueta? – quis saber o outro.

– Aqui no colégio. Não sei onde. Já quebrei a cabeça procurando, mas nada de eu me lembrar onde deixei.

– Foi encontrada no cativeiro do aluno sequestrado, que estuda nesta escola – informou-lhe um dos policiais.

O Campelo sentiu lhe faltar o chão. Suas pernas tremeram. Desesperado, levantou as mãos tapando o rosto e exclamou:

– Deus me livre de uma coisa dessas! – olhou para a diretora e para os policiais e perguntou: – Ceis tão pensando que fui eu?

– É melhor você comparecer à delegacia, pois há fortes indícios contra a sua pessoa.

– Deus! Como posso tá sendo preso? – o homem queria entender o que estava acontecendo com ele.

– Ninguém está te prendendo.

– Como não?

– É muito diferente. Por enquanto, você está sendo apenas indiciado.

– Eu sou um homem honesto. Juro que não fiz nada. Deus me livre e guarde de uma coisa dessa!

– É isso que vai ser investigado.

O INDICIAMENTO

– Vai, Campelo! Vamos ver o que podemos fazer por você – disse a diretora com sinceridade, pois acreditava na inocência dele.

– Me ajude, dona Ruth! Sou inocente. Coitada da minha mulher. Meu filho vai morrer de vergonha de mim – o homem implorou e desnorteado foi seguindo os policiais.

PARA SALVAGUARDAR O SUPREMO

Na delegacia, ele foi identificado como Antonio Souza Campelo, e tiraram suas impressões digitais. O delegado lhe fez perguntas, que ele não soube responder. Negou qualquer envolvimento com o sequestro. Em nenhum momento abriu mão da sua inocência. Interessado, o delegado o ouviu lamentar o quanto ele e sua família estavam passando na capital desde a chegada do interior, há menos de um mês.

Diante de tanta sinceridade, o delegado ficou meio indeciso. Pois não viu malícia nem histórico naquele homem para ele ser sequestrador. Assim, sentindo o braço da balança da Justiça pender a favor da inocência, o delegado se convenceu de que devia buscar outros suspeitos, imediatamente.

Ignorando esta decisão do delegado, um profissional da imprensa fotografou o Campelo várias vezes quando ele saía da delegacia, para no outro dia estampar seu rosto na primeira página do jornal, como o sequestrador do filho do rico industrial.

PARA SALVAGUARDAR O SUPREMO

Enquanto isso, principalmente, o 9º B estava em polvorosa e a diretora do colégio, perplexa com a tempestade de ocorrências desabada sobre o Supremo, corria contra o tempo. Para pedir instruções, ela telefonou ao professor Flávio Machado, proprietário do Supremo. Ele ainda gozava férias na Índia e ela não conseguiu localizá-lo. Os hotéis constantes do roteiro da viagem dele nada lhe informaram. De certa maneira, ela já esperava por isso, conhecia os hábitos do patrão de se embrenhar por aldeias em busca de gurus e filosofia. Então, sem saber como agir e pensar, ela convocou o grupo gestor do colégio para uma reunião.

Sentaram-se à mesa: a Ruth, sua vice-diretora, a coordenadora e a Mônica. As quatro mulheres diante da inusitada situação titubeavam a cada opinião.

Só foram unânimes na impossibilidade de abafarem o caso que, inevitavelmente, saltaria os muros do colégio e correria como um rasto de pólvora até ganhar as páginas dos jornais. E, por isso, precisavam agir rapidamente, pois logo os pais dos alunos questionariam o acontecido. Inseguros, muitos deles não deixariam os filhos frequentarem as aulas. Outros mudariam os filhos de colégio. Os jornais e televisões iriam forçar entrevistas a respeito do indiciamento do funcionário como principal suspeito do sequestro do aluno Murilo.

No intento de salvaguardarem a imagem da instituição, concluíram por contratar um advogado para prestar consultoria jurídica. Também, resolveram afastar, temporariamente, o Campelo, evitando desse modo que repórteres forçassem matérias com ele no colégio. Quanto menos o Supremo saísse na mídia a respeito desse inferno, melhor seria.

Finalmente, dividiram as tarefas. A diretoria ficaria responsável por conduzir as investidas da imprensa. A Mônica, por compreender o comportamento das classes e dos alunos, ficou encarregada de ouvir e conversar com as salas do Ensino Fundamental e, no dia seguinte, do Médio. uma vez que naquele dia os alunos do período da manhã já tinham ido embora. Também coube a ela liberar o Rafael das aulas, até baixar a poeira daquele caos, e o encargo de atender os pais de alunos que quisessem esclarecimentos.

Ainda, naquela manhã, a diretora Ruth, após a saída dos alunos, reuniu o corpo docente e funcionários, colocando-os a par das decisões do grupo gestor. Comunicou-lhes que a Mônica falaria primeiro, individualmente, com o 9º B, por ser a classe mais suscetível aos negativos acontecimentos. Depois, juntaria os alunos de duas ou mais classes para ir conversando.

Finalizou instruindo que todo e qualquer questionamento de alunos a respeito dos acontecimentos só a Mônica estava autorizada a responder.

Solange, a polêmica professora de Inglês, balançou a cabeça negativamente, enciumada e se opôs:

– Não vai dar certo.

– Por que não? – perguntou a diretora.

– Os alunos não são bobos. Sabem que a Mônica não é a única pessoa capaz de responder às perguntas deles. Afinal, o que nós estamos fazendo aqui?

– Todos nós somos capazes – argumentou a diretora. – Só estou responsabilizando a Mônica para dar uniformidade de comando sobre o assunto. Além do mais, há 21 anos ela trabalha aqui, viu a maioria desses alunos crescer e sempre se saiu muito bem.

– Mas... – a professora Solange ia insistir e foi interrompida.

– Nem mais nem menos – cortou a diretora. – Vamos fazer assim e pronto! Pode não ser o ideal, no entanto é o que podemos fazer neste momento – finalizou, levantando-se da cadeira e dando por encerrada a reunião.

Mesmo assim, a Solange persistiu em ter a palavra final:

— Em minha opinião, também não vai dar certo o Rafael continuar estudando aqui. Os pais dos alunos pagantes não vão gostar de ver os filhos convivendo com o filho de um...

— Para, Solange! Não diga mais nada! É o melhor que você faz neste momento – ríspida, a Mônica cortou-lhe a palavra.

Inconformada, a professora Solange saiu contrariada e reclamando no ouvido da professora de Geografia, que preferia ser uma ilha para não tê-la por perto.

PAPÉIS INVERTIDOS

Desde que chegou da delegacia, baqueado e bastante assustado com os fatos, o Campelo se jogou no sofá da sala e ficou ali, sendo corroído pela sua angústia. Não comeu. Falou só o necessário. Levantou apenas duas vezes para ir ao banheiro e, à noite, para o filho se deitar, pois a casa só possuía um quarto e o Rafael dormia na sala.

O rapaz sofria de ver o pai nessa situação. Entretanto, em nenhum momento deixou transparecer o seu sofrimento, nem demonstrou fraqueza diante dos acontecimentos. Procedia como se não fosse vítima de tudo aquilo. Fingia não ter sido afetado pelo turbilhão que passava esmagando a sua vida.

– A gente sai dessa, pai! Logo vão esclarecer tudo.

– Se Deus quiser, meu filho!

– Fui eu quem quis vir pra cidade, pra estudar – lamentou como se pedisse desculpas.

O pai passou-lhe a mão nos cabelos:

– Você não tem culpa de nada, Rafa. Você vai ser médico – afirmou o homem, chorando na cabeça do filho.

– As coisas aqui são perversas, pai.

– A gente vence, Rafa. Você acredita em mim?

– Claro, pai. O senhor só precisa reagir melhor. Tá aqui largado, sem comer nem dormir, desde que chegou da delegacia.

– Acho que tô com os miolos cozidos de tanto pensar.

A mãe foi se aproximando, com os olhos de choro. O Rafael abraçou o pai e a mãe, no mesmo abraço, e os três choraram juntos.

A MANCHETE, MATÉRIA E FOTO DO CAMPELO NO JORNAL

Por muitas vezes, naquele dia, a Mônica se lembrou do rosto do Rafael transfigurado pela dor, quando ela lhe revelou que o pai fora indiciado pelo sequestro do Murilo.

– A senhora não acredita nisso, né? – ele perguntou, como se fosse a única resposta que precisasse para continuar tendo força.

– Não! Não acredito mesmo – respondeu-lhe com sinceridade. – Mas é melhor você ficar em casa até as coisas se esclarecerem.

Também, por várias vezes, ela ligou para saber do Murilo. Ninguém atendeu ao telefone.

De tão preocupada com a enxurrada de acontecimentos inesperados no Supremo, à noite, a Mônica não conseguiu pregar os olhos. Sentia ter perdido o sono e o controle do mundo. Na manhã seguinte, levantou-se cedo para estar no colégio antes dos outros.

Tomando seu café da manhã, passou os olhos pelo jornal e ao ler a manchete e ver a foto do funcionário Campelo, ela desabou:

– Isso é um crime! Como podem fazer uma coisa dessas? O Campelo foi simplesmente indiciado e aqui aparece como condenado. Isso é prejulgamento para mobilizar a opinião pública e vender jornal.

Com esse pensamento, ela foi para o colégio disposta a defender seu ponto de vista, mesmo que contrariasse professores, funcionários, alunos e até a direção do colégio, se fosse preciso.

Deparou-se com um trânsito congestionado por causa de um acidente que obrigou a todos a trafegar por ruas secundárias e, com isso, ela se atrasou um pouco.

De cara, ela encontrou o Steven mostrando o jornal para os colegas e acusando o Campelo de sequestrador. A Mônica lhe tomou a página, afirmando que ele não sabia o que estava falando.

– Tá escrito aqui, ó! – sem êxito, o rapaz reagiu, querendo se reapropriar do jornal.

– Deixa comigo até segunda ordem! – disse ela levando o jornal.

– Isso não vai ficar assim – ele ameaçou.

– Não vai mesmo! – retrucou ela.

Temendo que ela desconfiasse da verdade, o Steven se calou.

Todos estranharam sua retração e a discussão entre os alunos cresceu, com cada um dando um palpite e colocando seu ponto de vista sobre os fatos.

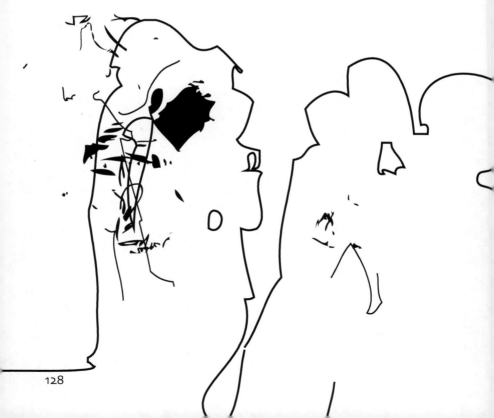

A CONVERSA DA MÔNICA COM O 9º ANO B

Apesar do número reduzido de alunos, a classe do 9º B estava uma balbúrdia, com a alarmada falação a respeito do sequestro do Murilo e a discussão sobre a matéria do jornal acusando o pai do Rafael.

A Mônica chegou e, com firmeza, mandou os alunos se sentarem. Cumprimentou-os com um bom-dia e começou dizendo entender perfeitamente o motivo de estarem tão alterados. Os últimos acontecimentos, envolvendo principalmente aquela classe, foram cruéis a todos. Comentou ter telefonado inúmeras vezes para a casa do Murilo, como muitos deles, provavelmente, deviam ter feito. No entanto, ninguém atendeu às ligações. Ponderou que, possivelmente, para poupar o Murilo de falar sobre o assunto do sequestro, a família se recolhera em algum lugar de endereço ignorado. Com esse procedimento, livravam-se principalmente da curiosidade da imprensa. Disse ainda que, até onde tinha conhecimento, o rapaz estava bem. E isso era o mais importante. Finalizou pedindo calma, pois muita coisa, com o tempo, seria esclarecida.

– E isso aqui? – com os olhos cheios de indignação, o Alexandre a desafiou mostrando-lhe a página do jornal, onde estampava a foto do Campelo. – Vamos ter de continuar estudando ao lado do filho deste sequestrador? Convivendo com ele?

– Calma, Alexandre! Neste momento, ainda não sabemos quem cometeu esse sequestro.

– Por acaso, você tá defendendo este sequestrador, Mônica? – novamente, indicando a foto do pai do Rafael, o rapaz a desafiou.

– Não estou defendendo ninguém. O Campelo foi indiciado e não condenado. Vocês precisam aprender a diferença entre uma coisa e outra.

– Por que você não fala isso para a Polícia, que tá no pé dele? – irônico, rebateu o Alexandre, provocando-a.

– E a jaqueta dele encontrada no cativeiro? – levantou-se a Karen. – Como você explica isso? – afrontou e ficou esperando a resposta de pé.

– Tudo isso são indícios e evidências importantes. Mas não são provas. E estou tentando evitar os prejulgamentos – defendeu a Mônica.

– Olha o jornal! O cara é o maior suspeito – indignado, o Alexandre mostrava a foto e a manchete no jornal.

– Ser suspeito é uma coisa. Ser condenado é outra. Esse jornalista está cometendo um crime para vender jornal. Opiniões só devem ser dadas depois de apuradas. A Polícia ainda está investigando.

– Sinto o maior dó do Murilo – desconsolada, choramingou a Naila.

– Só dó não adianta nada, precisamos pôr a boca no trombone, isso sim – proclamou a Karen.

– Claro – admitiu a Mônica. – Não podemos admitir qualquer crime, seja quem for a vítima ou o criminoso. Todavia, não se culpa ou inocenta uma pessoa antes de ela ser sentenciada pela Justiça.

– O que você está querendo dizer com isso? – perguntou a Rebeca.

– Que também estou muito indignada pelo que aconteceu com o Murilo. Entretanto, não podemos condenar um homem por antecipação. O indiciamento de uma pessoa não significa que ela é culpada.

– Vi um filme policial no qual todas as evidências eram falsas – comentou a Raquel.

O Steven se arrepiou de cima a baixo. Sentiu naquelas palavras uma velada ameaça.

– Exatamente! – admitiu a Mônica. – Muita água vai rolar até esse homem ser condenado. Vamos torcer pela justiça!

– Conseguiram pegar o assassino do filme pelas impressões digitais... – continuou a Raquel.

Sentindo calafrios, o Steven se desesperou, ao se conscientizar das incontáveis impressões digitais deixadas por ele na jaqueta.

– Mônica! – chamou a Karen. – Você não acha que o Rafael passou a odiar o pai quando descobriu ser ele o sequestrador e por isso espalhou as fotos dele recolhendo cocô de cachorro?

– Não! Não acho nada. Não vou ficar ligando uma coisa em outra por pura especulação. Aquilo foi um caso de *cyberbullying* perverso, cruel e criminoso. Covardemente, alguém sem ética utilizou a tecnologia para ferir o Rafael. Mas não se preocupem, não! Isso não vai ficar em brancas nuvens. Quando a situação me der um instante para respirar, vou apurar essa história e tantas outras pendentes.

– Desgraçada! – o Steven pensou com ódio. – Ela tá do lado do Rafael! – e mordeu os lábios de tanta tensão.

Após a saída da Mônica, explodindo de raiva, a Karen se achegou ao Steven e ao Alexandre e desabafou:

– Pra mim, a Mônica só tá preocupada com o Rafael. Tô louca de ódio! Depois do que o Murilo passou, ela tem coragem de vir aqui com esse papo-furado de acusado e condenado. Isso é demais pra minha cabeça!

O *CYBERBULLYING* DA KAREN

As aulas seguintes foram um verdadeiro suplício para os alunos e professores. Ninguém tinha ânimo para nada. Por mais que os professores tentassem evitar, os alunos sempre retomavam o assunto do sequestro.

Apavorado, o Steven se amuou. Ressabiado, esquivava-se de participar das conversas. Desconversava qualquer bate-papo a respeito do Murilo, do Rafael e do Campelo. Quando o acercavam com perguntas inevitáveis, limitava-se a responder tão laconicamente, a ponto de causar estranhamento.

A Karen não conseguiu conter sua revolta. Criava motim. Interferia nas conversas, proclamando justiça ao Murilo.

Foi um alívio, para os alunos e docentes, quando soou o sinal de saída.

Inconformada e decepcionada com vários colegas, inclusive com o Alexandre e, principalmente, com a apatia do Steven, mal chegou a sua casa a Karen foi ao seu quarto. Utilizando um *e-mail* anônimo e pedindo aos destinatários para redirecionarem a mensagem, criou e distribuiu o cartaz:

De acordo com os propósitos da autora deste maldito *e-mail*, ele conquistou enorme propagação. Cada destinatário o multiplicou enviando-o para outros endereços e, assim, de redirecionamento a redirecionamento acabou chegando às redações dos jornais e *sites*, onde sensibilizou alguns jornalistas, que resolveram fazer matérias ou dar notas a respeito, mobilizando a opinião pública.

A GRANDE EVASÃO

Nos dias seguintes, a frequência do Supremo foi brutalmente reduzida, chegando a ficar com algumas salas sem mesmo um aluno presente.

Com a repercussão do sequestro do Murilo e o indiciamento do funcionário Campelo, os pais perderam a confiança de mandar seus filhos ao colégio. Aterrorizadas pelos acontecimentos, por telefone ou pessoalmente, mães questionavam e, ao mesmo tempo, acusavam o Supremo de ter um sequestrador no quadro de funcionários. Exigiam providências, que a direção ouvia sem saber responder. Jornais e emissoras de televisão não davam trégua. Montaram verdadeiros estúdios televisivos em frente do colégio. Entrevistavam pais, alunos vestidos com o uniforme escolar e até mesmo passantes por ali, para saber o que tinham a dizer a respeito. O Supremo ganhou a mídia escrita, falada, televisionada e a internet. Tornou-se assunto até mesmo das pessoas que antes nunca ouviram falar do colégio. Passou a ser conversa de escritórios, filas e botequins. Seu nome ganhou popularidade indo de boca em boca entre os jovens, adultos e velhos.

Em vão, desesperadamente, o colégio tentava encontrar uma solução, para conter a evasão de alunos.

O caos instalado a cada dia se tornava maior. Da Educação Infantil ao Ensino Médio houve uma verdadeira enxurrada de transferências de alunos para outras escolas. Até mesmo os pais formados no colégio transferiam seus filhos para outros estabelecimentos escolares.

Inevitavelmente, a enorme tradição de excelência do Supremo, conquistada em cinquenta anos de existência prestando bons serviços, desabava. O professor Flávio Machado, proprietário do colégio, interrompeu suas férias na Índia e voltou desesperado com a situação. Estava certo de que aquela evasão em massa dos alunos levaria o colégio à falência, mesmo se demitisse a maioria dos professores e funcionários, coisa que não gostaria de fazer.

O ACUAMENTO

Acuados em casa, com medo de tudo que estava acontecendo, a família do Rafael conhecia longas horas dos dias adentrados nas noites sem dormir. Com a televisão desligada e sem sequer terem mais o que falar, a casa caiu num silêncio profundo, só entrecortado pelo som das crises de choro e do barulho vindo da vida lá de fora.

O pai, acusado de sequestro, jogado no sofá, sem fazer barba, com crises de choradeira, emagrecendo e tomando calmantes para dormir, não era o mesmo homem de antes. Havia envelhecido a ponto de o rapaz não reconhecê-lo como o animado esportista que sempre fora.

Nas alongadas noites sem dormir, o Rafael ouvia os cachorros latirem longe e sentia saudade da fazenda, de onde nunca deveria ter pedido para o pai sair. Sentia-se culpado por estarem na capital, sem conhecerem ninguém e expostos à maldade das pessoas.

Assim, os dias se arrastavam a ponto de minar o controle do Rafael, demonstrado no início dos acontecimentos. Depois de resistir a tanto, durante aqueles terríveis dias de grande pesadelo, naquela madrugada, sem ainda ter conseguido dormir, o Rafael, deitado no sofá da sala, sentindo-se livre dos olhos vigilantes dos pais, começou a chorar baixinho.

Silenciosamente, nas pontas dos pés para não acordar o marido, a mãe veio consolá-lo:

– Não chore, filho! – disse, acariciando-lhe os cabelos.

– Choro de raiva! – desabafou. – Tenho vontade de acabar com um daqueles moleques do colégio pra ver se os outros tomam jeito.

– Bobagem, meu filho! Você quer ser médico, não quer?

– É mais difícil do que eu pensava, mãe.

– Você vai conseguir.

– Meu sonho virou pesadelo.

– Se você fosse pra casa da tia no Rio de Janeiro...

– Não vou deixar a senhora e o pai. Já falamos sobre isso.

– Veja bem, Rafa! Se Deus quiser, toda essa história vai ser esclarecida. Seu pai não pagará pelo que não fez. Mesmo assim, vai ser difícil você e ele voltarem para o Supremo. São Paulo não tem lugar pra nós. Não fomos aceitos. Se você for pra casa da tia...

O ACUAMENTO

– Já falei que esqueço essa bobagem de ser médico e volto com vocês pro interior. Também posso curar boi, como o meu pai – com pesar admitiu, abraçando-a.

– Você vai ser médico de gente, Rafa! – ela garantiu, abraçando-o como se seus braços fossem asas para protegê-lo daqueles que estavam querendo atrapalhá-lo.

Ficaram abraçados e o silêncio lhes fez companhia. Enternecida, ela retrocedeu no tempo vendo na memória o filho pequeno, correndo pelos campos atrás do pai, para ajudá-lo a cuidar de umbigo de bezerros recém-nascidos, auxiliando-o a pôr tala na perna quebrada de uma ovelha, acompanhando-o nos partos das vacas e nos dias de vacinação da boiada. Lembrou-se, com ternura, da primeira vez que o Rafael, ainda pequeno, aspergiu um antisséptico na bicheira de um carneiro e todo prosa anunciou que, quando crescesse, ia ser médico. O pai o corrigiu dizendo que quem medicava bicho era veterinário. Ele o encarou e proclamou: "vou ser médico de gente, pai" – e os adultos riram da resposta. Para ela, naquele dia nasceu o sonho do Rafael de se formar em Medicina. Um sonho que, três meses atrás, fora fortalecido com o convite do professor Flávio Machado, proprietário da fazenda e do colégio, para que viessem para São Paulo, onde o Supremo os esperava com emprego garantido para Campelo e uma bolsa de estudo para o Rafael. Desde essa promessa, seguiram dias de esperança de ver o filho médico e de dúvidas sobre a mudança. Vieram para a capital e, agora, o sonho fora transformado em pesadelo.

Tirando-a do passado, um barulho vindo do quarto denunciava que o seu marido não estava dormindo, como ela julgava. Então, ela beijou o filho e se pôs a caminho do quarto. Só então percebeu que amanhecia e um sol brilhante vazava pelas palhetas das janelas e os vãos das telhas mal encaixadas.

Nesse momento, ela pressentiu que o novo dia seria o marco de melhores acontecimentos em São Paulo.

GRANDE REVIRAVOLTA NAS INVESTIGAÇÕES DO SEQUESTRO

Nessa mesma manhã, a Mônica foi surpreendida com a manchete homônima ao nome deste capítulo, com o rosto do Rock White estampado na primeira página do jornal, acusando-o de ser o verdadeiro sequestrador do filho do rico industrial.

Dizia a matéria que, segundo o delegado Pedro Alcântara, condutor das investigações, não existia mais espaços para dúvidas sobre o sequestro. Todos os indícios levantados no inquérito policial eram bastante consistentes. Havia colhido provas contundentes contra o americano, que na verdade não se chamava Rock White, mas sim Billy Goldman. Ele havia usado nome falso para entrar e permanecer no Brasil, pois era foragido dos Estados Unidos. O norte-americano, sua amante e ex-detenta, mais um condenado, fugitivo da Polícia, confessaram a autoria do crime, pelo qual eles eram acusados por sequestro de menor, formação de quadrilha e extorsão.

142

GRANDE REVIRAVOLTA NAS INVESTIGAÇÕES DO SEQUESTRO

Dentre os fortes indícios, o que convenceu o delegado a desconfiar do americano foi o menor sequestrado comentar que um dos sequestradores nunca falava. Mas ao conduzi-lo para o cativeiro, ao tropeçar em uma velha máquina enferrujada do local, esse meliante exclamou a palavra *shit*.

Além disso, a matéria relatava e esclarecia vários outros indícios, depoimentos, convicções e provas de acusação contra os três sequestradores. Por último, ressaltava que os sequestradores não souberam esclarecer e estranharam como a jaqueta do funcionário do Colégio Supremo foi parar no cativeiro.

Dúvida esta esclarecida pelo menor, enteado do norte-americano sequestrador, que confessou ter sido ele quem furtou e levou a jaqueta do funcionário para o cativeiro do rapaz.

A matéria do jornalista ainda pontuava não haver cumplicidade entre o menor enteado do americano e o grupo de bandidos. Finalizava afirmando que, pelo apurado, o adolescente infrator não havia planejado nada. Foi agindo, incrivelmente, conforme as coisas foram acontecendo e se encaixando.

A matéria também especulava sobre a probabilidade de extradição do norte-americano.

Finalizava dizendo que essa verdadeira reviravolta nas investigações inocentava o Antonio Souza Campelo, primeiro suspeito, da autoria do crime.

GRANDE REVIRAVOLTA NAS INVESTIGAÇÕES DO SEQUESTRO

Com o coração saltando pela boca, a Mônica leu e releu a matéria, com lágrimas de felicidade nos olhos, por saber que o Murilo estava bem e o pai do Rafael livre de suspeitas. Porém, também chorou de tristeza pelo Steven, por sabê-lo tão envolvido no caso.

PEDIDO DE SOCORRO

Ainda atordoada com as revelações lidas no jornal, a Mônica chegou ao colégio, sem saber o que falar a respeito. Esquivando-se de qualquer conversa, entrou correndo, como se precisasse urgentemente ir ao banheiro. Adentrou a sua sala, trancou a porta e respirou fundo. Precisava de alguns minutos até ter forças para cumprimentar e ouvir os professores.

Seu telefone tocou. Ela pensou em não atender. No entanto, por costume ou instinto, levantou o fone do aparelho e disse:

– Colégio Supremo, bom dia! Mônica falando.

– Mônica! – uma voz angustiante chamou seu nome, como se fosse sinônimo de socorro.

Ela estremeceu:

– Quê?

– Sou eu, Mônica.

– Steven! – ela o reconheceu.

– Preciso de você – disse o rapaz, desabando a chorar, compulsivamente.

– Fala, Steven! – disse ela, toda solícita e se emocionando por se lembrar de que ele falava assim quando era pequeno e estava triste, por se sentir rejeitado pelos pais. Diante deste pedido de socorro, naquele momento, não lhe importava o que ele havia feito de errado. Preocupava-se em atendê-lo.

– Tô num beco sem saída, Mônica. Não sei o que fazer. Meu padrasto foi preso. Minha mãe tá internada por ter tentado suicídio. Minha avó só tá preocupada com a minha mãe e eu tô sozinho, porque não tenho pai – e, desesperado, chorou mais forte e mais doído.

– Eu estou com você, Steven – ela respondeu consolando-o e tentando, com sacrifício, conter o choro, para ele não perceber.

– Vem me abraçar, como você fazia quando eu era pequeno, Mônica!

– Eu vou! Vou sim, Steven.

– Eu caí, Mônica! Tô chorando, Mônica... – falava como se ainda fosse uma criança, que pede colo e carinho por ter caído.

– Estou indo, Steven. Me aguarde um pouco!

– Mônica, não demora! – implorou.

– Estou indo. Acalme-se até eu chegar.

Aos prantos, ela saiu da sala e deu de cara com a Ruth.

PEDIDO DE SOCORRO

– O que foi, Mônica? – perguntou por vê-la tão aflita.

– Desculpa, Ruth! Estou nervosa. Outra hora, a gente conversa – respondeu e foi indo.

– Aconteceu alguma coisa? Você não pode sair assim, Mônica! – preocupada, interpelou a Ruth.

– Posso sim – e continuou seus passos.

A diretora, querendo detê-la de qualquer maneira, ainda apelou para o lado profissional da orientadora:

– Nós temos reunião inadiável, agora cedo.

– Não me importa a reunião – respondeu ela, descendo as escadas.

– As coisas estão cada vez mais complicadas, Mônica. Nós precisamos de você, para nos ajudar.

– Tem quem precisa mais de mim – e foi embora.

A diretora ficou parada, perplexa. Há 21 anos trabalhavam juntas e a Mônica nunca fez nada parecido. Sempre teve autocontrole e inteligência em qualquer situação. O que acontecera agora para ela estar tão transtornada?

A Mônica gostaria de ter explicado. Porém o Steven a esperava e a Ruth tentaria retê-la. Com certeza ela arriscaria convencê-la de que o caso do Steven não era mais para uma orientadora-educacional resolver. Contudo, por pior que ele tivesse feito, ainda era um garoto. Não tinha personalidade concluída. Concordava que, a essa altura dos acontecimentos, uma orientadora-educacional não pudesse fazer muita coisa. Mas, no mínimo, poderia ouvi-lo.

PROMOVENDO OS LAÇOS DE FAMÍLIA

Na portaria do edifício do Steven, a Mônica se identificou e o porteiro a deixou entrar, de imediato. Ela pegou o elevador e subiu. Encontrou a porta do apartamento semiaberta, como se a estivesse esperando:

– Steven! – ela chamou.

– Tô aqui, Mônica – angustiado, ele respondeu lá de dentro, com um fiapo de voz sumida na garganta.

– Estou entrando – ela anunciou e se deparou com ele amuado em posição fetal, deitado no chão, num canto entre os sofás da sala. Estava com o rosto de quem já chorara muito. Ao vê-la, ele teve mais uma das suas explosões de choro.

Controlada, ela o abraçou, como se fosse um filho:

– Calma, Steven! Estou aqui. Você não queria que eu viesse?

Ele balançou a cabeça, positivamente.

– Então, eu vim. Estou aqui...

– Por que você me deixou sozinho, Mônica? Ninguém mais quer falar comigo. Nem mesmo o Alexandre, nem a Karen são mais meus amigos.

– Eu sou sua amiga, Steven.

– Você sabe o que eu fiz? – cheio de remorso, perguntou olhando profundamente nos olhos dela.

– Sei, Steven. Sei mais do que você pensa – respondeu, com pesar por saber que a falta de estrutura familiar o conduzira a fazer muita coisa errada.

– Não vai me dar bronca?

– Não. Hoje não. Vamos deixar essa bronca para outro dia!

– Por quê, Mônica?

– Hoje só precisamos encontrar uma saída, para você sorrir novamente.

– Mônica, você gosta de mim como gosta do Rafael? – indagou com intenso tom de ciúmes.

Ela o apertou mais forte, nos braços:

– Adoro você, seu bobo – e, enxugando-lhe as lágrimas, acrescentou: – Tudo vai dar certo. Não chore!

– Você sempre disse que só os samurais não choram.

– É isso mesmo.

– Eu não sou samurai, Mônica – e desabou em nova crise de choro e impotência diante da vida.

A Mônica foi lhe secando as lágrimas, ouvindo seus medos, seus erros, angústias, confissões e arrependimentos. Enquanto ele falava, ela foi revendo e analisando o comportamento do rapaz, desde quando era pequeno, catando seus motivos e recolhendo cacos da sua história. Em certa altura, ela quase se descontrolou ao concluir que, no meio daquilo tudo, ele só procurava desesperadamente o pai, que a mãe lhe negou.

Passaram horas conversando, até ela anunciar:

– Vamos começar dando um jeito nisso! Cadê o número do telefone do seu pai?

Confiante, ele se levantou pela primeira vez. Entregou-lhe o número, inúmeras vezes escrito em um caderno velho.

Ela pegou o telefone e discou. Por sorte, o homem atendeu de imediato. Ela se identificou e pediu, por favor, para ele escutar. Silenciosamente, ele a ouviu. Só abriu a boca para dizer:

– Por favor, Mônica, diga ao Steven que não preciso de exame de DNA, para ter certeza de que ele é meu filho. Por coincidência, estou com viagem marcada para São Paulo. No máximo, em cinco horas estou aí. Afinal, sou o pai desse garoto.

Depois, ele a agradeceu. A Mônica se prontificou a esperá-lo ao lado do Steven, pois a avó acompanhava a filha internada no hospital.

Enquanto estiveram juntos, o celular dela tocou inúmeras vezes. Ela as identificou como ligações do Supremo e não atendeu. Saiu com o rapaz para almoçar. Depois caminharam um pouco, pelas aleias de um jardim público que encontraram no caminho. Voltaram no final da tarde.

Quando a primeira estrela brilhou no céu, o pai do Steven chegou.

NÃO VOU MAIS CAIR

No outro dia, quando a Mônica justificou o que havia feito, a diretora do Supremo se levantou da cadeira, colocou-lhe a mão sobre o ombro e concordata afirmou:

– Essa é a Mônica que conheço.

Então, o professor Flávio, proprietário do colégio, balançou a cabeça positivamente e a incentivou:

– Chega de aventuras, mocinha! Agora, vamos trabalhar! – pegou o telefone e disse à secretária para mandar o Campelo e o Rafael entrarem.

A moça lhe disse alguma coisa, que a Ruth e a Mônica não ouviram, e ele respondeu:

– Te aviso quando for a hora.

Os dois entraram. A diretora pediu para eles se sentarem.

– Então, a tempestade passou? – perguntou-lhes o professor Flávio.

– Graças a Deus! – respondeu o Campelo, agradecido e com o rosto transbordando de felicidade.

Então, o professor Flávio voltou-se para o Rafael:

– E como vão os estudos do nosso futuro médico?

– Vou voltar pro interior, com o meu pai e a minha mãe – anunciou o rapaz, de cabeça baixa.

– Claro! Morando no interior, você também pode se formar em Medicina. Entretanto, o Supremo tem tradição de deixar essa caminhada muito mais perto e mais fácil.

Duvidando do que ouviu, surpreso, o Rafael levantou a cabeça, olhou interrogativo para o professor Flávio e para o pai.

– Além do mais, depois de tudo o que aconteceu, vocês precisam ficar em São Paulo, para me ajudar a reconstruir o Supremo.

Maravilhados com a proposta, pai e filho se entreolharam com os olhos brilhantes de inesperada felicidade.

E o professor Flávio continuou:

– Para tanto, exijo que o Rafael estude muito. Faça um excelente Ensino Médio, passe no vestibular de Medicina, para o Supremo reconquistar a confiança de antes. Combinado, Rafael? – perguntou-lhe, estendendo a mão.

– Combinado! – o Rafael apertou-lhe a mão, aceitando a proposta e, voltando-se para o lado da Mônica, perguntou-lhe:

– Posso contar com a sua ajuda?

Emocionada, a Mônica só balançou a cabeça positivamente.

O professor Flávio teclou à secretária e ordenou-lhe:

– Agora pode trazer!

Num segundo, a secretária abriu a porta, entrou com um buquê de flores e anunciou:

– Flores para a Mônica! – e entregou-lhe o maço.

– Para mim?! – estranhou.

– Foi o Steven e um homem, que ele disse ser o pai dele, que mandaram entregar.

A orientadora pegou o maço de flores, abriu o envelope e leu o cartão:

Mônica,

Tô feliz com o pai que você me deu!

Não vou mais cair. Pode crer, Mônica!

Obrigado por tudo de sempre!

Seja feliz!

Steven.

– Cadê eles? – a Mônica se levantou perguntando.

– Acabaram de sair – respondeu a secretária. – Não quiseram incomodar.

A Mônica olhou pela janela e, sob uma réstia de sol, viu o Steven indo embora abraçado pelo pai. Então, voltou-se para os presentes, enxugando as lágrimas, que não conseguia conter e tentou justificá-las.

– Desculpem-me! Estou ficando uma velha chorona.

– Só os samurais não choram, Mônica! – brincou o proprietário do Supremo, lembrando-lhe que ela sempre dizia essa frase, quando via algum aluno agoniado, mas, por vergonha, esforçando-se para não chorar.

SEMENTE *ANTIBULLYING*

Como se fora um vendaval, tudo isso aconteceu durante o mês de agosto. Muitos alunos foram embora para outras instituições de ensino. O Supremo teve de readequar sua estrutura e finanças.

Só do 9º B deixaram o Supremo: o Alexandre, o Victor, o Camargo, a Beth, a Naila, a Tissiane, o Patrick, a Alexandra, a Rebeca, o Steven, o Alencar e o Barcelos.

Feliz da vida por ter reencontrado o pai que sempre buscou, o Steven foi morar em Natal. Todavia, não deixou de visitar, com regular frequência, a mãe, que agora morava com a avó. Numa destas visitas a São Paulo, conscientizado pelo pai do mal que fez ao Barcelos todas as vezes em que o chamou de *gay*, o Steven procurou o rapaz e lhe pediu desculpas. Disse-lhe que agora o admirava muito, por ele ter personalidade e não fazer as coisas só porque os outros faziam ou queriam que ele fizesse.

SEMENTE *ANTIBULLYING*

Pelos atos infracionais cometidos, o Juiz da Infância e da Juventude aplicou medida socioeducativa para o Steven desenvolver, implantar e manter um *site antibullying*.

Voluntariamente, o Murilo e a Karen, que continuaram estudando no Supremo, viraram colaboradores desse *site*, que a cada dia mais conquistou novos visitantes e parceiros.

A Adriana também permaneceu no colégio e, por sua beleza, foi eleita a rainha do Supremo. Amarrou namoro com o Rafael, que de aluno excluído se tornou um dos mais importantes líderes estudantis. Inclusive foi o orador da turma dos formandos do Ensino Fundamental daquele ano.

Mesmo com a quebra financeira do Supremo, o professor Flávio Machado fez questão de comemorar o jubileu do colégio com grande festa.

No dia da cerimônia de entrega dos diplomas, a Mônica anunciou que o professor Flávio Machado, proprietário do Colégio Supremo, juntamente ao engenheiro João Paulo Lima, empresário da construção civil, e o dr. Carlos Fragoso, médico proprietário da rede hospitalar Melhor Saúde, estavam criando um instituto denominado Semente, de utilidade pública para capacitação gratuita de professores, pais e demais interessados no combate às práticas de *bullying* e *cyberbullying*.

– O Semente terá como objetivo promover medidas de conscientização, prevenção e combate ao *bullying* escolar por meio de palestras, publicações, serviços de consultoria, pesquisas, reuniões e assembleias – anunciou a Mônica e complementou: – Além disso, este instituto dará acompanhamento psicológico e jurídico, gratuitamente, às vítimas de *bullying*.

Os presentes aplaudiram. Entre eles, estava o Steven, ao lado do Murilo, do Rafael, da Karen, do Barcelos e da Adriana.

Aos vê-los lado a lado, a Mônica deixou que uma lágrima escorresse pelo seu rosto. Afinal, como ela mesma sempre disse: – só os samurais não choram.

Índice

QUEM ERA O DIFERENTE? 8
TEMPESTADE DE PRECONCEITOS 11
QUEM É O RAFAEL? 17
O MISTÉRIO E A CURIOSIDADE CONTINUAM 19
FIM DO DIA, NÃO DO MISTÉRIO 23
PAIXÃO OU CURIOSIDADE? 25
EXPONDO A FAMÍLIA 30
DISCRIMINAÇÃO 33
EXCLUINDO DA TURMA 38
RIDICULARIZANDO A FAMÍLIA 41
EMPURRÕES E HUMILHAÇÕES NO PÁTIO 44
INTOLERÂNCIA 46
DOIS CASOS DE *BULLYING* 49
A INVEJA DO SUCESSO 53
ATAQUE À PROPRIEDADE ACOMPANHADO DE AMEAÇA 56
DESESTRUTURA FAMILIAR 58
PRAZER DE VER SOFRER 62
MEU NOME É LIMA 64
ZOANDO 66
INVESTIGAÇÃO INDIVIDUAL 68
AS CONFABULAÇÕES DURANTE O INTERVALO 71
AS DUAS ÚLTIMAS AULAS DO DIA 73
O BATE-BOCA COM O MURILO 77
O FURTO 82
SENTINDO-SE REJEITADO 85
ARMANDO O BOTE 89
A QUEBRA DE AMIZADE 91
COMUNIDADE "ODEIO MEU PAI" 95
O SUMIÇO DO MURILO 98
O PLANO E A EXECUÇÃO DO ÁLIBI 102
O COLÉGIO EM POLVOROSA 106
A CONFUSÃO MAIOR 109
O IMPORTANTE É O MURILO ESTAR VIVO 113
O INDICIAMENTO 115
PARA SALVAGUARDAR O SUPREMO 119
PAPÉIS INVERTIDOS 124
A MANCHETE, MATÉRIA E FOTO DO CAMPELO NO JORNAL 126
A CONVERSA DA MÔNICA COM O 9º ANO B 129
O *CYBERBULLYING* DA KAREN 134
A GRANDE EVASÃO 136
O ACUAMENTO 138
GRANDE REVIRAVOLTA NAS INVESTIGAÇÕES DO SEQUESTRO 142
PEDIDO DE SOCORRO 145
PROMOVENDO OS LAÇOS DE FAMÍLIA 149
NÃO VOU MAIS CAIR 153
SEMENTE *ANTIBULLYING* 157